〖中华诗词存稿·名家专辑〗

中华诗词学会 编

三不轩诗词选

漆钢 著

中国书籍出版社
China Book Press

图书在版编目（CIP）数据

三不轩诗词选 / 漆钢著 . -- 4 版 . -- 北京 : 中国书籍出版社 , 2020.11

（中华诗词存稿）

ISBN 978-7-5068-8026-8

Ⅰ . ①三… Ⅱ . ①漆… Ⅲ . ①诗词—作品集—中国 Ⅳ . ① I22

中国版本图书馆 CIP 数据核字 (2020) 第 197162 号

三不轩诗词选

漆钢 著

责任编辑 吴化强

责任印制 孙马飞 马 芝

封面设计 采薇阁

出版发行 中国书籍出版社

地　　址 北京市丰台区三路居路 97 号（邮编：100073）

电　　话（010）52257143（总编室）（010）52257140（发行部）

电子邮箱 eo@chinabp.com.cn

经　　销 全国新华书店

印　　刷 北京虎彩文化传播有限公司

开　　本 710 毫米 ×1000 毫米 1/16

字　　数 220 千字

印　　张 17.25

版　　次 2020 年 11 月第 1 版　2020 年 11 月第 1 次印刷

书　　号 ISBN 978-7-5068-8026-8

定　　价 168.00 元

《中华诗词存稿》
编委会名单

作者简介

漆钢，字元瑀，重庆江津人。现为中国书法家协会理事、中国书法家协会行书委员会副主任、重庆市文学艺术界联合会副主席、重庆市书法家协会主席、中华诗词学会会员、中国楹联学会会员、重庆师范大学书法艺术研究院客座教授、西南大学兼职教授、四川美术学院中国画与书法艺术学院客座教授。出版有《中国当代中青年书画家精品集•漆钢》《中国书法大典•当代书法名家系列作品集•漆钢》《中国书坛名家手卷系列丛书•漆钢卷》《若行若舞——当代中国行书名家作品集•漆钢》《适可居集陆二百绝》《历代书法名家咏论》等著作。多次在中国书法家协会举办的全国书法大型展览中担任评委。

总 序

我们这个诗歌大国有一个很好的传统，历来注重“采诗”、搜集整理诗歌材料。作为唯一的全国性诗词组织的中华诗词学会，自1987年5月成立以来，就十分重视这项工作。学会每年的学术研讨会和历届“华夏诗词奖”，都出版论文集和获奖作品集。纪念学会成立二十年、三十年时，还专门编辑出版了《大事记》《论文选集》《诗词选集》。《中华诗词》创刊以来，每年都制作年度合订本。2007年5月，在“北京天识东方文化艺术传播有限公司”资助下，以近代以来诗词创作、诗词理论、诗词运动重要文献汇编，当代名家个人作品专集等为主要内容，出版了《中华诗词文库》。经过十来年的编辑整理，已经出了近百卷。这些诗集、文集的出版，记录了近百年来尤其是改革开放四十多年来，中华诗词从起步、复苏走向复兴的砥砺前行的历程，为近、当代诗歌史的撰写准备了丰富的资料。

党的十八大以来，中华民族优秀传统文化重新受到应有的重视。习近平总书记《念奴娇·追思焦裕禄》词和《军民情》七律的相继发表，引领中华大地诗潮滚滚而来。《中共中央关于繁荣发展社会主义文艺的意见》和中办、国办《关于实施中华优秀传统文化传承发展工程的意见》，都明确提出“加强对中华诗词、音乐舞蹈、书法绘画、曲艺杂技和历史文化纪录片、动画片、出版物等的扶持。”国家教育部组织制定由中华诗词学会起草的新中国语言体系中的新韵书《中华通韵》，已经通过国家语言文字工作委员会语言文字规范标准审定委员会审定，即将颁布全国试行。这些，都使我们真切地感受到，中华诗词的春天真的到来了。诗人们乘着骀荡春风，正以高昂的激情，书写着中华民族伟大复兴的新时代、新史诗、国家富强、民族振兴、人民幸福的中国梦；正以与人民同呼吸、共命运的诗人之心，对人民的欢乐，人民的忧患，人民的情怀给以诗意的表达：正以“美”或“刺”的诗人之笔，对市场经济大潮中人民对幸福生活的期待，对美好未来的希望，对假丑恶的深恶痛绝，或给以方向，或给以赞美，或给以鞭挞。正如习近平总书记所指出的：“好的文艺作品就应该像蓝天上的阳光、春季里的清风一样，能够启迪思想、温润心灵、陶冶人生，能够扫除颓废萎靡之风。”

当前，传统诗词创作者和诗词爱好者队伍发展迅速，已超过三百万。每天创作的诗词作品超过唐诗、宋词、元曲的总和。诗词评论研究队伍也成长很快，访词评论、诗词学、诗词创作理论研究成果丰硕。如何从浩如烟海的诗词作品中“淘”出优秀作品，并使之存下来、传下去，如何使诗词研究理论成果“面世”并发挥应有的指导作用，确实是摆在我们面前的无可回避的一个重要课题。中华诗词学会是一个没有国家编制，没有国家拨款的社会团体，事业的运转主要靠社会赞助和会员费支，俊识(北京)文化传媒有限公司总经理吕梁松，北京采薇阁总经理王强，两位一直对中华民族传统文化情有独钟的热心人，慷慨解囊，愿意同中华诗词学会一起，搜集整理编辑推出《中华诗词存稿》这套书，共同为中华诗词文化的继承和发展，做成这件十分有意义的事情。

《中华诗词存稿》主要搜集整理出版三部分内容的资料。一是当代诗词名家的个人作品集；二是当代诗词评论家、诗词学者的学术专著作品集；三是当代诗词作品，诗词理论学术成果阶段性、专题性，地域性的集成类作品集。诗词作品强调精品意识，沙里淘金，把“有筋骨、有道德、有温度”的优秀诗词作品搜集起来。诗词评论、研究类资料强调理论性和创新性，应具有鲜明的个性物点，具有创建性的见解。集成类的资料应有一定的史料保存价值。做成一套具有当代价值和历史意义的好书。在此，我们编委会人员，向提供资料，筛选编辑，版面设计，校对勘误，包括所有为这套资料付出辛勤劳动的同志们，表示真诚的谢意！

郑欣淼

二〇一九年七月于北京

目 录

三不轩诗词草

五 绝

七 绝

五　律

七　律

七绝集句贺春十一首

其 他

词

适可居集陆二百绝

历代书法名家咏论

历代书法名家咏论（100首）

三不轩诗词草

五 绝

雨后登山

雨闲风亦歇，山径尚涂泥。
野竹侵霄上，云深古寺迷。

登盘石城

绝壁高千仞，松篁覆半城。
当年旗鼓震，此际杳无声。

上巳三月初三兰亭褉集即兴口占

曲涧兰亭绕，水兼松竹清。
流风千古胜，觞咏惬幽情。

龙头寺公园即景

繁囿多鲜媚，绕湖新绿翠。
朝暾动细鳞，坐赏两相醉。

闲 趣

回廊观鱼戏，湖水摇空翠。
丝禽两两来，翻转尽幽意。

渝州春望

莫道渝城酷[①]，水泥楼宇束。
青阳何处寻[②]，暗惜两江绿。

【注】①酷：此处表示帅气的，时髦的，令人羡慕的。源于外来文化“cool”。②青阳：即春天。《尔雅•释天》：“春为青阳。”郭璞注：“气青而温阳。”

湖上漫成

微风丝雨驻，云水色光鲜。
白鸟翩翩去，轻船破翠烟。

草海泛舟

草海翠如泼，连天未有涯。
槽舟迂缓去，来看格桑花。

G50冷水服务区生态旅游自驾营地即景

高树参天立，闲花遍地芳。
空山森朗处，恍惚到西疆。

偶 感

诗书结胜缘，襟抱自超然。
静夜神游处，心安别有天。

夜来雷雨大作

飞电轰雷疾，风狂雨不休。
飘飒天幕下，世界等孤舟。

自　遣

诗宗唐宋体，书慕晋风流。
会得山川意，昂然逸气遒。

七　绝

雾中登山

百转千回路几重，天梯尽处隐危峰。
云中语笑人难见，仙境幽然意正浓。

金顶寻钟云舫遗联不遇

素涛银海万峰迷，一礼仙山醉似泥。
云舫夜深频入梦，名联长忆翠屏西。

登巍宝山至青霞观

雕梁寂寂息尘心，石白泉清太古音。
借问仙踪何处觅，松篁拂霭翠阴深。

偕吴震启先生并诸同仁南山观夜景

万家灯火灿渝州，两水粼粼迤汇流。
看得骚人欣忭处，诗成泼墨上层楼。

灯下临兰亭序偶成

唐风晋韵迹成陈，一序临流感暮春。
千载书坛放眼量，右军依旧是仙人。

值辛亥革命百周年之际中国书法家协会台湾中国书法学会人民画报社于居庸关兴举海峡两岸百位书法家百米书法长卷长城笔会余应邀出席并即兴口占一绝书献

天下为公意气雄，中山夙愿世人崇。
今朝两岸同携手，墨舞居庸唱大风。

观贺兰口岩画

贺兰横贯耸长空，大漠苍茫夕照红。
西夏图文谁辨识？独留沥剥太玄风。

癸巳仲夏于宁夏中卫市之金沙岛见熏衣草数十亩真乃紫色花海灿然可观驻足久之适逢友人来电相询即兴口占一绝作答

金沙岛内驻行踪，紫气萦回灿绿丛。
聊借手机传好景，故人不必问西东。

新疆天池瀑布

雪山化育瑶池碧，古木櫹椮入望清。
一径寻深飞溅玉，炎天忽地滚雷鸣。

癸巳八月十五夜月下临寒食诗帖有怀

冰蟾朗照又中秋，飞信连天散别愁。
银汉沉沉涵万象，闲临苏帖拜黄州。

甲午除夕接友人贺岁短信即兴

薄醉纵横气吐虹，中年心事感君同。
烟花振彻春如海，共祝神州岁岁红。

西藏记游七绝十首选五

羊卓雍措湖二首

其一

拔地峰高绝四邻，罡风猎猎长精神。
圣湖总在浮光外，长为修行客洗尘。

其二

天风浩荡鸟飞迟，来证传闻不我欺。
大美何须呈烂漫，揉蓝一水寓神奇。

过雪山

壮志何曾畏险蹊，车行千里雪山西。
沉沉大野神灵境，拟对岷峨谁与齐？

朝圣者

风尘匍匐几经秋，一念花开更复求。
碧瓦祥光天路上，千山万壑付长头。

江孜白久伦布村笔会感赋

英雄城堡梦难忘，笔阵排开襟袖香。
难得边陲重文墨，为题“西藏第一庄”。

哀东方之星

龙卷飙风狂作魔，生灵四百葬颠波。
夏时三日连宵雨，可是天公悔祸多？

【注】2015年6月1日夜，重庆东方轮船公司“东方之星”游轮在湖北荆州市监利县水域突遇龙卷风倾覆长江，所载458名旅客仅生还12人。

龙头寺公园即事

朝暾照水动金鳞，花气盘空柳色新。
繁囿丛中添淡意，飞来白鸟独相亲。

端午悼屈子

风雨弥天天色昏，汨罗激浪洗沉冤。
怀沙一跃惊雷动，千载崇祠祭国魂。

涧中鱼

傍涧依岩乐水濛，浮沉聚散任衿情。
不须高志龙门跃，尘外翛然寄此生。

夜坐偶成

霓色流光桂影清，坐临绛帖到深更。
池蛙声鼓蛩声促，勾引诗情梦不成。

用戴叔伦《夏日登鹤岩偶成》韵

奇云幻化出高冈，深涧飞珠拂面凉。
羡煞苍苍林莽外，一鹰天际凌空翔。

登资源云台山

迤逦青螺断复连，台山秀挺入苍玄。
腾身极顶一长啸，惊起白云飞半天。

乙未中秋夜无月

去岁今宵明月朗，今宵明月在何方？
月圆月缺无多憾，一念花开敌夜光。

成山头即景

秋风放荡翠峰横，拍岸狂涛乍有声。
触目蓬壶仙阁处，海天相逼一痕平。

射鲛台怀古

乞寿寻仙路不通，天涯尽处悟虚空。
射鲛台上悲秋意，都在秦皇一梦中。

青岛回渝飞机上偶成

瑞彩披云洒素秋，扶摇尘外任沉浮。
江山俯瞰如长卷，容我乘时作卧游。

咏　雪

清凉爽气动苍穹，一夜瑶英舞未终。
蠲去繁嚣呈简淡，恍疑身在广寒宫。

次南容女史《观江友樵先生乙未冬养疴巴渝图》韵三首

一

幽恨谁倾心胆寒，遗珠弃璧叹才难。
戈铓健笔凄凉境，独向窗前洗眼看。

二

尘世飘零欲断魂，晳翁笔底贵能浑。
云山缥缈撩人眼，遗迹章章古意存。

三

年少孤高任性灵，胸撑丘壑笔纵横。
京华愤别风波恶，半世遑遑掩重名。

附：谢南容女史原玉

云林点染是荒寒，抚卷自伤行路难。
笔到痴狂歌当哭，青山留与世人看。

山为傲骨水为魂，云木苍茫天地浑。
纵是百年夫子去，嵯峨千卷世间存。

水秀峰清见性灵，峨眉三峡意纵横。
一生寂寞江山助，不负英才年少名。

阳台种菜

培土修枝日影斜，嚣然学稼客来夸。
阳台三尺溢生趣，柔甲移来胜种花。

步南容女史重五感怀韵

谁怜楚客独悲吟，吊古伤怀难自禁。
恶雾毒泷余血泪，忠魂遗世想而今。

附：南容女史重五感怀原玉

端阳闲步且行吟，眼底沧浪感不禁。
一从沉水汨罗后，千古离骚读到今。

大西洞

嶙峋峭壁白云缄，雨过飞珠响翠岩。
鸡犬渔郎都不见，惟余古洞界仙凡。

桃　源

流水萦纡得胜游，天开旷朗柳烟稠。
渊明一记桃花梦，应信仙源在酉州。

重庆书画艺术网开通十五周年志庆

弘道鹏抟十五秋，情倾艺苑任遨游。
网开贤路风帆举，不作传媒第二流。

题翠屏秋月并序

序：“翠屏秋月”乃潼南定明山峭壁间一形似圆月之天然图景。庚子之夏，予来游此，徘徊崖前，读清人题“山灵奇诡不可测，何时飞出一轮月。昔日照尽两朝人，今日照人头又白”一诗，顿生天地沧桑之感，兴感之余，不能自已，诗以志之。

简淡虚冲峻璧生，疗人俗鄙冷凡情。
升沉显晦无增减，一寸心光物外明。

访麓山寺碑

书中龙象自来知，妙迹当前说向谁。
腕底欲除浮荡气，凭栏往复立多时。

题江涛兄所绘山水图

峻岭层巅列队排，苍苍云树豁然开。
幽人居简恣盘礴，放意清江涤旧埃。

暮游巴岳寺

三界何堪惹世埃，洋楼侵据入山来。
当年盛况今何在，寂寞墙花独自开。

邛海湿地公园即事

花光耀炫彩云生，一瞬滂沱旋作晴。
天地无私呈至意，沧波阔处转和平。

由川入滇途中车中所见

车入群山盘道长，四围烟海白茫茫。
天公不忍迷人路，忽放云中万丈光。

避　暑

蒸腾热浪遍乡关，避暑泸沽湖水间。
泽国阴晴云万变，携儿随处看青山。

游丽江古城

玉岭神山壮此邦，凤歌箫管度新腔。
纳西遗韵今安在，占尽游人说丽江。

游　山

长林罅隙乱蝉鸣，半岭泉飞带啸声。
信步闲云时到处，隔溪忽见石桥横。

偶　感

少日光阴肆手抛，狂歌博弈酒军交。
尘埃许配风骚意，偶有新诗信笔抄。

和林岫老师读上海《书法》杂志胡传海先生卷首语有题

咳唾成珠气象开，仙才何必觅蓬莱。
刳肝压卷如椽笔，时荡金声海上来。

【注】刳肝：喻尽陈肺腑之言。

附：林岫老师读上海《书法》杂志胡传海先生卷首语有题

快意常从卷首开，但凭豪气壮蒿莱。
世间多少奇文字，都自旁观冷眼来。

【注】蒿莱，野草，可借喻民间书画家。

丁酉重阳游书堂山谒欧阳阁

欧阳阁下谒欧阳，楷范森严壮庙堂。
湘水扬声同感慨，流风犹荡旧书香。

【注】楷范：《旧唐书•儒学传上•欧阳询》：“询初学王羲之书，后更渐变其体，笔力险劲，为一时之绝，人得其尺牍文字，咸以为楷范焉。”

江津德感滨江路口占

堤柳摇风叶叶柔，故乡东望耸琼楼。
清江一派流春韵，流尽无端点点愁。

源流•时代—绍兴论坛口占

代谢同流谛味深，登坛析辩费钩沉。
言金绮语千秋论，翰墨同辉是指针。

步红春女史《过兰亭》韵

翰墨辉光源共流，茂林修竹觅踪由。
今朝嘉会入吟卷，默感山阴一叶秋。

附：张红春女史《过兰亭》

兰亭曲水溯风流，注砚倾觞许自由。
逸少灯前摹百卷，难成一醉绮千秋。

登川河盖绝顶远眺有感

罡风伴我上危巅，绝巘茫茫识静渊。
坐此时空真一叹，世间碌碌忽相怜。

【注】静渊：犹渊默。深沉稳重。

洪安拉拉渡

乌篷摆渡晓烟随，余韵悠然退俗思。
慰眼清粼鱼可数，江干倚石看多时。

闲 趣

居身犹未染幽蒙，爱此悠悠世味空。
捉得清江鱼数尾，儿时优乐漫胸中。

边 城

湘黔渝界此中分，四海扬声迥不群。
一曲情歌招远客，生辉瞻赖沈从文。

过西夏陵断想

割据分庭拓世雄，龙沙吹散去如风。
千秋只有贺兰月，犹照荒台大漠中。

和竹堂孟会祥兄人日习书韵七首

乙未正月初八郑州竹堂孟会祥兄于微信发其行书力作并人日习书一绝见示诸同道一时唱和者如云余拜读之余能不勉力以助其趣哉遂依原韵草成此七首以呈

一

珠玉撩人鹤梦惊，世间黄甲愧平生。
雍容意象输君手，岂止文章负盛名。

二

竹堂片羽使人惊，人似梅花太瘦生。
回首中原山万迭，红尘无计可逃名。

三

好怀健笔岂须惊，春气如龙触类生。
写到幽光墨妙处，书名本不让文名。

四

自许知交自不惊，叹君骨秀本天生。
涣然妙笔呈高致，不使复翁专擅名。

五

梦蝶忘机事不惊，神州春正五云生。
华章揽得同侪醉，笔吐虹霓妙莫名。

六

微澌入砚亦堪惊，见道文如春笋生。
逸气存胸空四海，管他身后有无名。

七

常山一握即心惊，不意竹堂非老生。
璧坐巩驰文字古，我师每赞“老成”名。

附：孟会祥《人日习书》

自书自拍自堪惊，临帖千番出帖生。
才短原应销笔砚，可怜已负善书名。

母子吟

阿兄大限难为别，阿母吞哀心滴血。
默虑加添我顾忧，凄怀独与叔娘说。

己亥残冬赴城口途中遇雪

巴山腹地琼花舞，一片茫茫清肺腑。
我欲临风拈素毫，昂藏绘此乾坤妩。

善 政

国策弘图触地春，海桑陵谷几番新。
迩来何起请吟兴，只为黎元渐脱贫。

抗疫杂诗十五首

己亥岁尾，新冠肺炎肆虐江城武汉，数日之间，灾情频传，全国多地大有滔滔蔓延之势。为阻疫情，江城武汉于除夕前一日无奈封城，举国上下八方驰援，共克时艰。余遵式休居抗疫，久不得出，忾叹之余，继之以诗。至庚子二月初，得小诗若干并词二首。盖时事所会，成此微吟，草率落笔，不计工拙，惟记所思所感而已。

己亥除夕前一日闻武汉封城

明朝不觉又除夕，迩日妖氛楚肆行。
盖地腾言方示警，忽闻江汉已封城。

赞钟南山院士

一

奋身焦釜意难平，誓与瘟神九死争。
医道仁心今世范，黎民信敬赞干城。

二

非典中军记最真，新冠挂帅再惊尘。
丹心义勇卢医术，不负苍生不负身。

正月初一口占

春心乍起竟阑残，亲故同天一会难。
交困守危趋简便，但凭微信祝康安。

闭门抗疫

狂疾忽来如骇涛，莫添嚣乱秉持牢。
关门彻昼无余务，感事忧时寄管毫。

赞白衣天使

临危何惧逆风行，履薄玄渊阻祸殃。
救死扶生中夜舞，白衣相与月争光。

寄武汉诸书友

疫犯江城猝暴狂，险艰困处两堪伤。
解悬擲聚同心志，信有祥辉照武昌。

雷神山火神山医院历十日筑建告竣感赋

急难当头赖自坚，火雷拔地锁江关。
狂飙气卷凶妖孽，十日圆功傲宇寰。

火雷降魔

惊哀戾疫欲如何，怕听伤怀凄楚歌。
但看火雷辉宇甸，交参奋起镇狂魔。

晨起见新闻播报新增病例一万三千余人有记

嗟忧国难自伤春，阖户离群类佚民。
晨起心旌悲一事，今朝添病万余人。

伤　春

春日伤春不为春，瘟魔作恶独愁人。
顷来多少悲辛泪，飞洒萋萋楚水滨。

春夜寓感

瘟神作恶阻东风，浩荡春愁入梦中。
缅想江城黎庶泪，何由怅怨锁樊笼。

感　时

嗟惊毒疫寖成灾，匝地流闻扑面来。
最是驱瘟无遏药，春风入户亦兴哀。

妻于近日复工余偕小儿居家掌厨有作

东风染绿正虚徐，处困樊笼读故书。
迩日分心营一事：重修厨艺尚恬如。

危患当前闻某地有人丛聚餐饮

耳畔犹闻示儆声，九原未脱险危情。
有人胡吃海喝聚，辜负国医殊死争。

集前人成句步吴震启先生《答叶培贵先生兼论诗》韵

事无得失尽鸡虫[①]，独自吟诗句未工[②]。
欲识个中奇绝处[③]，千愁万念一时空[④]。

【注】① 宋：洪咨夔；② 宋：丘葵；③ 宋：朱熹；④ 唐：白居易。

埋头今作蠹鱼虫[①]，趁韵哦诗老未工[②]。
识得此中真意趣[③]，且来倾倒玉瓶空[④]。

【注】① 明：孙一元；② 宋：刘克庄；③ 清：方仁渊；④ 宋：郭祥正。

附：吴震启先生《答叶培贵先生兼论诗》

平平仄仄若雕虫，血泪拈须未必工。
自信灵犀通妙境，真诗自古透时空。

返渝车中步斯舜威先生《书堂山文人书法周听王蒙讲座有作》原韵献笑

文章宗伯早钦风，国叟高居数此公。
娓娓噱谈倾四座，化通今昔破幽蒙。

附：斯舜威《书堂山文人书法周听王蒙讲座有作》

如椽大笔起雄风，唯恨迟迟未识公。
耄耋犹能开讲席，青春不老是王蒙。

五　律

太白岩漫兴

巴渝雄秀地，重镇数渝东。
迭嶂苍茫外，大江迢渺中。
举杯思太白，抚石拜涪翁。
揽胜饶佳兴，悠然对好风。

秦巴山道车中口占

险道盘旋上，尘氛一洗空。
闲花傍涧发，高木与天通。
楼隐杳茫里，鸟飞寒翠中。
蓦然回首望，雾散半山红。

感　事

风辞桃李月，昨夜雨倾城。
天碧一江静，林高满目清。
空悲乌兔走，复检岁华惊。
我亦茫茫客，尘羁失鹤情。

仙　源

来证渊明记，仙源一径通。
渔歌烟浪里，人乐水光中。
阡陌参差是，花林次第同。
天琛垂锦幕，忽恍世情空。

咏腊梅

岁岁与君逢，清姿约略同。
花梢辉晓日，树阙荡贞风。
不屑芳菲斗，哪堪蜂蝶崇。
催春随白性，俊德耻言功。

谒王右军墓

朝圣仰高峰，三春细雨逢。
茔门陵柏护，风义学林钟。
祭祀心持敬，观碑意转浓。
回眸层阁外，天际碧重重。

岭南春望–李远东书法艺术展感赋

其 一

素志何曾减，新篇聚一堂。
淋漓迷醉境，吞吐入诗肠。
帖悟张长史，碑宗孙伯翔[①]。
楚庭风正好，艺事喜重光。

【注】① 远东乃孙伯翔先生弟子。

其 二

岭南春望久，翰海半生缘。
诗写山林气，酒随张素颠。
草书殊矫矫，楷法独翩翩。
满壁纵横意，如龙飞九天。

夏夜闲咏

流金堪铄石，旬月苦相撩。
万里威难退，三更燥未消。
茶浓思引鼓，睡稳赖空调。
安得银河雨，炎兵一夜浇。

中华诗词学会成立三十周年志庆

卅年成大化，文脉鉴兴亡。
老树精魂壮，新醪劲气扬。
庆功功可数，遗惠惠难量。
丰羽开生面，诗盟炳国光。

新德兄赠淄砚以诗谢之

感君贻片石，此石出淄川。
四大砚台共，千三岁月前。
磨人斶气茂，阅世助神全。
但把微澌济，倾怀向锦笺。

夜来风雨交加气温忽变阴寒于梦中得句晨起足成之时疫情犹剧也

昨夜霏霏雨，冷风寒气掀。
新诗来梦境，时事怅春魂。
亲旧难为对，忧思不待论。
何当闻疫例，骤降似晨温。

七律

汶川大地震感赋

地裂天崩万物残，邑倾巢覆泪飞弹。
蜀山失色层林暗，岷水哀波夏雨寒。
医士临危彰大爱，神兵抢险挽狂澜。
壮哉举国同伸手，重建家园明日看。

怀　师

师魂远躅与谁游？艺界而今风马牛。
饰外丧中徒自笑，增华失道正堪羞。
空惊逸气如烟散，愈觉韶年似水流。
欲吐情怀邀月醉，天机问索扫顽愁。

甲午战争百廿周年感赋

禹甸惊殇百廿年，李朝何事起狼烟？
舰沉黄海今尤记，泪洒新篇夜不眠。
壮士忠魂存故宇，匹夫矢志告尧天。
班班屈辱铭心底，待旦枕戈同著鞭。

步杨霜先生乙未春节感怀韵

懒对红尘叹二毛，壮怀欣可寄风骚。
窗含竹树春犹好，笔染烟霞韵自高。
黄甲大名亲俗子，赤心三昧识吾曹。
乘除得失谁能测，思接九霄鹏羽翱。

附：杨霜先生《乙未春节感怀》

白发情思一羽毛，以茶当酒也堪豪。
棋如流水却忧缓，诗似喷泉不限高。
治化更新怀百姓，文章务实启三曹。
争春早播优良种，待报丰收雁讯翱。

怀杨霜老师

今日为杨霜老师溘然“头七”之日，重读先生于微信中所发诗词及诗论，愈觉其古道热肠，悲天悯人之情怀，堪称当世诗豪。抚今追昔，缅怀教泽，不禁感慨系之矣。爰成此一律，以志思念之忱。

捷才无匹金针度，飞信祛疑不厌劳。
白首刚肠添粹雅，青眸玉节续风骚。
魂消万里银潢暗，梦冷三更霜影高。
睿岳清襟堪透骨，黔山渝水哭诗豪。

九月二十四日至酉阳参加首届桃花源杯书法展事毕翌日黄长华先生邀至黔江八面山登高山在城西北二十里山分八面绵亘数十里山之最高处曰钟顶山身入其中百卉错绣林木蓊蔚云海溟茫不可目极归后诗以记之

寻壑经丘兴味长，武陵秋霁亦轩昂。
四围雾锁神仙府，八面山居梦幻乡。
静对霄崖增定见，笑谈风月未能忘。
看花悟得色空相，掷却尘嚣逐日忙。

游涞滩二佛寺

鹫峰屏立瑞光披，檐拱翚飞绝玮奇。
门阙天然承广大，绀园宛尔历艰危。
千秋刻石形神栩，一道清江浩渺弥。
遍览檀林无此好，云栖岩隐几人知？

出席中国文联第十次代表大会感赋

艺文国运两相牵，炳慧临空一概然。
胜友同参忘少长，群星咸集更留连。
宏开广厦成嘉会，频奏强音荡碧天。
吐哺归心期共振，好风吹拂动歌弦。

与何开鑫、宇文加林二兄游岳麓书院

千年学府气横空，岳麓高标卓尔雄。
惟楚有材堪寄傲，于斯为盛感遗风。
圣贤意味交相似，天地襟怀上下同。
读罢华堂规砺句，潇湘文脉映苍穹。

彭城怀古

云龙湖荡柳增妍，夕照染红山外天。
往昔兵戈争战地，由来沧海变桑田。
折冲尊俎原难料，败寇成王岂偶然。
霸业雄图俱渺矣，古都新变欲凌烟。

陆良访爨龙颜碑

兰章华美畅清酣，字势雄奇着意探。
三代高标无复继，满门盛德孰追参。
芸台作跋心多折，长素尊碑味至甘。
莫道边蛮文脉欠，龙颜一品壮滇南。

步卫洪兄《务虚会晨感》韵

沉沉黑夜锁山庄，在手诗书对一床。
地僻梦回寒浸骨，庭空风扫乱飞霜。
朝来会酿三春计，客里同观百叠房。
趁此新年成底事？渝州艺苑待高张。

附：卫洪《务虚会晨感》

夜投来凤有农庄，衾薄清晨不恋床。
远望东山升暖日，惊奇前瓦盖浓霜。
路人急促双遮耳，家犬机灵独守房。
眼下虽然正三九，新年谋划已开张。

饶宗颐先生于2018年2月6日以102岁高龄仙逝翌日于微信圈读《饶宗颐传》即兴赋此挽饶公选堂先生

僧形儒者道心通，宿慧遒然真味融。
万卷纵横无滞境，众流淹贯继宗风。
潮州自古艺文胜，香港因公声气雄。
读罢华章良可叹，百年行迹几人同？

偶检旧帙中有少年时所临碑帖知半世学书年进而艺不进感而赋此

半生心力注毫端，铁砚磨人寸进难。
帖溯王家千古法，碑摹汉代两朝冠。
好怀欲使无尘障，圣境真需换骨丹。
落落超然长自勉，持身养气地天宽。

戊戌端午感怀

汨罗渺渺水东流，节趁端阳惹远愁。
读史几番犹寄恨，伤今何处可埋忧。
才人招谤谁能识，奸竖横行总未休。
冀望忠魂撑禹域，厌听箫鼓赛龙舟。

休日文联值守孤坐无聊于网上读刘正成先生《我与书坛二十年》偶成感咏兼呈刘公正成

呵壁分明血泪弹，行藏卓烁伏波澜。
胸中锦绣真名士，笔底深沉胜史官。
逝水廿年风景好，凌云三折雪霜寒。
不劳尘俗论消长，勋业须留隔代看。

杨霜老师辞世三周年之日追思前尘意难自胜作此致悼

说项推心物外缘，膻行丹石笔难传。
泣麟愤世愁挥麈，憎蠹忧时猛著鞭。
堪叹成诗追七步，忽惊埋玉转三年。
凭窗对此沉沉夜，邃幕遥瞻倍黯然。

立秋日有感

炎光将退暗迎秋，迎得秋风惹别愁。
兔走乌飞双鬓老，汲深绠短半生浮。
耽书入梦情何异，问道萦心事不休。
偶对黄公思一醉，狂来纵笔释天囚。

【注】天囚，意指受拘囿、束缚。

过南海丹灶谒康有为故居

神州落日西风卷，南海扬尘激怒涛。
宏论飞章何衮衮，雄词扶世自滔滔。
欲图新变舒猿臂，思向大同张凤毛。
惜惋浮云翻覆掌，平生毁誉属狂豪。

谒王羲之故居

林隈并茂曲尘丝，来谒王家旧日居。
洗砚池中光潋滟，晒书台外蝶参差。
一门秀异争荣盛，百代风流叹玮奇。
蹀躞碑廊徒自恚，愧无杰句颂羲之。

汉口至襄阳车中怀米南宫

张颠陨后续昭彰，史册传神意自长。
异服奇冠滋逸彩，多能博学炳灵光。
书如铁壁铜墙壮，人似天风海浪狂。
晋韵高标谁复继，千秋独许米襄阳。

己亥正月初一晨起即兴

乾坤万里喜连晴，佳节又逢春满城。
水动红云摇五色，峰融晓气漫无声。
飞来短信千般意，化作高吟一片情。
尔日翻新前岁历，乡邦风物倍鲜明。

无　题

世味纷纭感未禁，年来悰绪费沉吟。
何堪赝语频充耳，却笑訾行别用心。
事不能容多怯薄，人真自信远骄侵。
当须学取定身诀，岂让尘怀日寖深。

四月二十一日夜梦与仁德先生并张涌兄等聚于长街么店时窗外润雨纷飞惠风入座颇记先生于席间纵论豪饮之状既觉赋诗半就今日晨起足成八句兼呈

夜雨霏微意转舒，超然佳兴有谁如。
倾杯快似脱缰马，吐论欢同得水鱼。
少日壮心终不改，即今侠胆岂消疏。
明朝揽笔横诗槊，浩气奔腾满太虚。

贰零壹玖年五月二十四日至二十六日，中国书协组织近千人云集绍兴为论坛焉。余忝与会，其间及归渝后漫成诗词数章以志鸿爪。拙作源流•时代绍兴论坛感赋三首之一，与会诸君多有步作，亦一时乐事耳。

源流•时代—绍兴论坛感赋

五月二十七日于杭州萧山乘机返渝，抵江北机场遇大雨，为安平计，机组就近备降成都双流机场。滞留其间，凭窗追忆绍兴论坛千人论辨会，因有所感，草成一律。归后续作二首以述之。虽知所作伧陋，犹贤于无所用心也。

一

论辩华堂大道寻，绕梁三日感余音。
悬河口吐新兼旧，惊座声含浅与深。
涉及源流长炯炯，推穷时弊太沉沉。
内观修省入玄想，觉即不迟怜苦箴。

二

逸少丰标灿九寰，相承余绪见彬斑。
山阴论道频惊耳，水曲倾心亦解颜。
纵使高贤星散去，未妨大雅雁飞还。
他年史册留名处，信有时英不可删。

三

兰渚光腾碧玉峦，轩庭作会卷波澜。
虽无急竹繁丝趣，别有喷珠噀玉欢。
十六箴言萦讲席，千余墨客壮书坛。
管他低谷巅峰论，莫与前贤等量观。

己亥农历五月二十七日翰墨风华书法展于武昌蛇山白云阁开幕事毕与万益昌永先生并振卿厚甜庆春劲松诸君同登黄鹤楼因成一律以寄

胜地今朝我复来，同怀展会井然开。
白云阁里旋挥翰，黄鹤楼头欲引杯。
汉水沉沉波淡荡，楚天灿灿气裴回。
大唐崔李诗昭在，放胆续貂何快哉。

沙湖即兴

长天浩浩水揉蓝，红日光中五色涵。
云抱沙洲金燦燦，风翻岸柳绿毵毵。
贺兰在眼心神醉，逸客飞舟意绪酣。
塞外明珠非浪语，茫茫气象胜江南。

西夏王陵怀古

西夏兴亡象外搜，龙骧蠖屈几沉浮。
三千里界臣和主，二百年中帝与侯。
难阻狼烟横绝塞，幸存番字辨夷陬。
回黄转绿苍狗变，大野空余土一抔。

贺兰口感赋

贺兰山上白云飞，伏暑炎蒸客侣稀。
石穴羊添芃野趣，岩阿画隐泰玄机。
险途不尽横千古，浩气天然溢四围。
屏卫银川分瀚海，举头欣合叹崔巍。

与法伟、林健二兄夜饮天竺沟

栖身物外拥轻凉，俗务尘情且暂忘。
夜静虫声檐下密，庭空花气座中香。
深山不厌生涯淡，旧雨交逢意味长。
莫讶衔杯清话久，要观明月照诸方。

十月十七日家兄病逝夜间不寐哀痛之余哭而作此

秋夜秋风秋雨寒，阿兄长寝梦终残。
真形已去何堪对，瘦骨难支不忍看。
死别于今殊抱憾，生哀自此绝同欢。
关情最是蠹然处，痛极无声泪暗弹。

秋兴八首追和杜工部

序：少陵《秋兴八首》沉郁苍凉，超迈横绝，以夔州所见系长安之思，寓情于景，景外含情，细意熨贴，一唱三叹，蔚为诗法。余久欲追和竟不能作。古人云："诗，言其志也；歌，咏其声也。"故发之于中，必有感会；形之于外，当有寄托。已亥秋冬之交，忆往思今，烦忧萦怀，慨然兴言，乃依韵成此。惜所作浅陋直白，患在意浮，知伤温柔敦厚之旨。然"平生不得吟诗力，空使秋霜入鬓垂"，识者可作文字游戏观也。

其一

楼阁参差傍浅林，凉生玉宇气潇森。
澄江点染清清韵，碧嶂圜围晏晏阴。
四望风烟迷倦眼，独怜鱼鸟敛机心。
追惟不免悲秋意，犹恐天声动古砧。

【注】晏晏：（1）和悦貌。《诗•卫风•氓》："总角之宴，言笑晏晏。"毛传："晏晏，和柔也。"（2）盛貌。《楚辞•九辩》："被荷裯之晏晏兮，然潢洋而不可带。"王逸 注："晏晏，盛貌。"

其二

改火初寒树影斜，莫将愁绪扰年华。
情抛夜半三更梦，兴寄天中八月槎。
世路焉能迷丽舞，秋怀不惯听胡笳。
传家老砚须磨洗，待绘心头四照花。

【注】1. 改火：古代钻木取火，四季所用树木种类不同，故名改火。亦喻时节改易。2. 四照花：名曰迷縠，能发光，佩之不迷。

其 三

闲将灵府对丹晖，世事参来尽入微。
过眼繁华秋后冷，娱人光景梦中飞。
直须行止依情适，岂可功名与志违。
看惯巧丸氛坌客，安身莫羡蛀虫肥。

【注】1. 巧丸：（1）谓善用弹丸。唐 韩愈《病鸱》诗：“今者命运穷，遭逢巧丸儿；中汝要害处，汝能不能施。”（2）喻阴谋中伤。宋 陆游《览镜有感》诗：“回首堕沟元有命，不须深计巧丸儿。”2. 氛坌：尘浊之气。唐 邵真《义井记》：“昏懵者得以涛盪，瘵痗者由之蠲愈。涤汰氛坌，沃洒蒸灼。”

其 四

世味钩探似弈棋，昔年行迹独欣悲。
狂歌千曲淋漓尽，赌酒连杯慷慨时。
意气消磨华发见，尘埃脱略素怀驰。
即今一事关心切，应有吟哦慰所思。

【注】1. 钩探：搜寻探取。《新唐书•外戚传•武三思》：“ 三思性倾谀，善迎谐主意，钩探隐微。”

其 五

渝州翠雾锁南山，爱此烟霏异世间。
二水舟航东海国，万家灯耀老城关。
朝天门绕思乡梦，解放碑迷醉客颜。
胜概佳游魔幻景，网红雄镇影班班。

【注】1. 网红雄镇：指重庆在网络上被网民广泛关注而走红。

其 六

冷雨敲窗懒举头，毋须惆怅对严秋。
棋经在手消长夜，书帖凝眸散百愁。
与世趋时几许梦，从心适性不如鸥。
人生万事难倾意，毕愿清辉照九州。

【注】1. 严秋：肃杀的秋天。南朝宋鲍照《代出自蓟北门行》："严秋筋竿劲，虏阵精且彊。"唐 顾况《上古之什补亡训传十三章·陵霜之华》："烈烈严秋，熙熙阳春。"

其 七

造化由来九转功，垂情尽在寂寥中。
凭将拙笔书新句，且养幽怀体素风。
读史因知心守白，持身不与世争红。
偶然慷慨思先哲，对酒当歌陆放翁。

【注】1. 九转：（1）九次提炼。道教谓丹的炼制有一至九转之别，而以九转为贵。晋 葛洪《抱朴子·金丹》："九转之丹服之，三日得仙。"（2）指九转丹或其炼制秘诀。南朝 梁 何逊《七召·神仙》："寻玉尘於万里，守金灶於千年。三尸可度，九转难传。"宋 苏辙《唐修撰义问挽词》之一："九转今犹在，参同岂妄传。"《镜花缘》第六回："此草生於开辟之初，历年既深，故功有九转之妙，洵为希世希珍。"

其 八

巴渝地胜碧逶迤，入望绵延万顷陂。
雾萃涵空吞邃岸，山香隔水迈琼枝。
曾经国难心同忾，几度时危志不移。
今日绮楼林立起，摩天雄蔚倚云垂。

【注】1. 绮楼：华美的楼阁。唐 韦应物 《拟古诗》之四："绮楼何氛氲，朝日正杲杲。"明 沉德符《野获编补遗·畿辅·禁歌妓》："国初 临川人 揭轨 以举明经至京，宴南市楼。有诗云：'诏出金钱送酒罏，绮楼胜会集文儒。'"

闻禹州张自立先生《耄声耋韵》书画展于近日开幕试拟一律奉贺

忆昔江南欣幸逢，华笺健笔羡深功。
襟怀高洁出人意，行止温良长者风。
惯对沧桑忘得失，懒凭文字问穷通。
我今惟愿如椿寿，献与钧州耄耋翁。

己亥除夕值新型冠状病毒肺炎肆虐武汉感而赋此

躲进书楼避肺炎，春归无奈作幽潜。
当年非典心生怯，此日新冠事转严。
可是天灾哀汉口，须防人祸卷民阎。
衿期国有良医护，疾困明朝一举歼。

悼李文亮医生

何堪此际悼君亡，预警声波腾丽光。
辨毒情关天下事，忧危局岂少年狂。
飞来训诫惊藏恐，归去妻儿雪上霜。
痛愍仁心无处住，荆江雾瘴正茫茫。

庚子正月斋居感事

闭门旬月似渊蟠，漫写诗章且自宽。
无数别离来眼底，一时忧感上眉端。
莺春寂寂春犹在，云梦迢迢梦未安。
歌笑满屏何忍听，江城战疫正艰难。

春　感

百迭春愁损一春，歧迷灾恙识飙尘。
潜忧迹困频开卷，滞想行难或恼人。
寂寞桃花红曲岸，霏微雾雨冷遥津。
深居迩月羡鸥鸟，触处湖山足养真。

夏老昌谦先生年来旅居成都，于四月二十二日因病送华西医院抢救。其家人于四月二十五日示余详情，不意翌日凌晨二时不治逝世。渝州书坛，遂失此老，思之悽然，嗟悼不足，情见乎辞

昨日闻疴久愕惊，今晨徂谢锦官城。
谁知逆旅重泉路，辜负先生百岁盟。
善摄容颜何旺健，深衷笔墨绝纵横。
讣音到耳悲修短，一瓣心香赋怆情。

集前人句和孟会祥兄《甲午除夕呈师友》诗韵

其　一

春笺摇动酒杯心，把得新诗喜又吟。
岂有声名高后世，不妨文字问知音。
九重香案分云篆，十里津平迭翠岑。
自料短才无用处，阳春欲和意难任。

【注】（1. 白居易；2. 韦庄；3. 王安石；4. 齐己；5. 吴澄；6. 李纲；7. 赵汝燧；8. 权德舆。）

其　二

老去终怀报国心，敢辞酒半效狂吟。
因逢淑景开佳宴，但道平安是好音。
千里故人萦午梦，一钩新月挂瑶岑。
予心欲道从谁语，抗俗支尘力不任。

【注】（1. 陆游；2. 刘宰；3. 齐丘；4. 王恭；5. 郭印；6. 杨时；7. 韦骧；8. 张养浩。）

附：孟会祥《甲午除夕呈师友》

年来渐少应景心，肯为新春苦作吟。
一笑因缘酬顿悟，双鱼迢递许知音。
凯风习习吹细浪，老树萧萧透远岑。
浊酒一壶除旧岁，抚今追昔思难任。

《丁酉集句贺新》

爆竹千家送去年①，故乡东望思悠然②。
亲朋索写宜春帖③，童稚争分压岁钱④。
宜放襟怀在清景⑤，且将得失付鱼筌⑥。
身闲始觉时光好⑦，事每无心即是仙⑧。

【注】①.明•何吾驺；②.唐•杜光庭；③.清•王松；④.元•吴当；⑤.宋•邵雍；⑥.宋•吴芾；⑦.宋•欧阳修；⑧.宋•周必大。

克年道兄五十自况以诗见寄复和以赠之

天工人力两相磨，雅道躬行得亦多。
笔蕴禅机闲耿耿，胸填鹤趣乐跎跎。
分明自在才无碍，珍重逍遥心不波。
莫怅年光增复减，挥杯引满又如何。

附：陈克年 五十自况

百年大梦半消磨，谈笑平生慷慨多。
卅载兵戈知冷暖，一肩霜雪作蹉跎。
惯看风雨春长在，聊慰心情水不波。
过眼浮云时缈缈，矜夸俯仰问如何。

陈仁德先生诗词三百首付梓诗以贺之

云气轩中日月长，山川湖海历诸方。
放怀醇酎何豪迈，脱手瑶华总慨慷。
文采远承三世泽，家声已发百年光。
真言处处凝心血，椽笔分明见剑铓。

七绝集句贺春十一首

《丁酉除夜集句贺岁》

爆竹声沉小院东[1]，人逢新历喜春风[2]。
今宵顿觉乾坤大[3]，春在亲情笑语中[4]。

【注】①. 清•蔡佩香；②. 明•苏仲；③. 宋•杨万里；④. 宋末元初•牟巘。

《丁酉春节集句十首》

其 一

熏然和气爆声残[1]，感会由来属俊贤[2]。
齿发蹉跎将五十[3]，不教俗事到吟边[4]。

【注】①. 宋•胡寅；②. 宋•宋庠；③. 唐•白居易；④. 宋•刘克庄。

其 二

石火光中又度年[1]，平生怀抱尚依然[2]。
从知守道唯精一[3]，便是逍遥地上仙[4]。

【注】①. 宋•孔武仲；②. 宋•陆游；③. 清•祝书根；④. 唐•白居易。

其 三

过眼烟花改岁年[1]，心同草树乐春天[2]。
清风不变诗应在[3]，丽句还如蜀锦鲜[4]。

【注】①. 明•陆深；②. 唐•张说；③. 唐•齐己；④. 宋•吴芾。

其 四

懒将怀抱问流年[1]，忧喜心忘便是禅[2]。
摆脱浮云闲富贵[3]，坐添清兴浩无边[4]。

【注】①. 明•欧必元；②. 唐•白居易；③. 宋•王其；④. 宋•王阮。

其 五

依稀五十惭知命[1]，道在穷通莫问天[2]。
一笑欲论心迹事[3]，莫教春意有穷年[4]。

【注】①. 明•霍韬；②. 宋•邹浩；③. 宋•王安石；④. 宋•陈着。

其 六

春到山城晓色鲜[1]，溶溶佳气满江天[2]。
人生随处堪为乐[3]，醉听清吟胜管弦[4]。

【注】①. 明•程敏政；②. 宋•李廌；③. 唐•牟融；④. 唐•白居易。

其 七

闲里更寻消遣法[1]，岁除随俗写春笺[2]。
襟怀旷达应如旧[3]，定复新年胜故年[4]。

【注】①. 清•林占梅；②. 清•许南英；③. 宋•苏颂；④. 宋•陈造。

其 八

一日能闲即大千[1]，每逢佳处辄留连[2]。
人情到老方知味[3]，但欲冥心任自然[4]。

【注】①. 明•张萱；②. 宋•周文璞；③. 明•戚继光；④. 宋•吴芾。

其 九

且乐游山趁壮年[①]，寸心应向碧霄悬[②]。
笔头洒起风雷力[③]，半醉珠玑落彩笺[④]。

【注】①. 宋•董嗣杲；②. 宋•周南；③. 唐•伊用昌；④. 宋•郑獬。

其 十

岁旦常仪总粲然[①]，诗成金石迭相宣[②]。
虚名自古能为累[③]，无复从游学圣贤[④]。

【注】①. 元末明初•陶宗仪；②. 宋•孙应时；③. 宋•陆游；④. 唐•白居易。

其 他

弈 棋

咏象棋诗难作，咏象棋之七言排律至难也。盖因古今既工诗而又工棋者鲜矣。予尝键击互联网，遍翻架上书，至今未曾一见。予不知诗，然曩于象戏一道用功甚勤，自许颇能领其真趣。今试一为之，虽勉力成此二十韵，终不免有堆砌凑泊之嫌，权当以抛砖之举，达引玉之功，则幸甚至哉！

一河为界两争雄，小技深藏智慧隆。
谱打橘梅[①]端可据，胸撑书卷亦难工。
忘机每觉乾坤阔，绝虑何愁造化穷。
昏夜铿然延皓月，晴窗剥啄负春风。
悠悠万事掷天外，冉冉流光寄掌中。
巷尾街头无少长，茶坊酒肆任西东。
哪知经实四方志，只顾专诚十载功。
动撼灵根开混沌，生辉妙手透玲珑。

照搬定式祛迷悖，套用常形贵变通。
伏虎降龙云影起，翻江搅海浪花冲。
将军坐帐排巇崄，猛士巡边佐统戎。
处乱不惊荆棘迹，遇强岂惧剑戈丛。
车驰横厉势如电，马踏回环气似虹。
铁炮摧城平大敌，奇兵破阵震三公。
放丢妄念拒愚懵，守护初心戒辨聪。
落子斯须非草草，倚柯转瞬太匆匆。
乘除千古皆归梦，修短百年俱是空。
人避矜骄全品性，棋追沉毅向圆融。
世间缰锁怎堪恋，弈苑逍遥也足崇。
浮荡荣枯徒博笑，楸枰证道有谁同?

【注】橘梅：棋谱。橘中迷、梅花谱。

丁酉暮春曲靖观《爨宝子碑》因题长句以记

碑中论奇诡，首推爨宝子。
江宁邓尔恒，追索磨坊里。
南海贵其珍，声名蓦地起。
昂然镇边陲，洪炉作柱砥。
文章吐高华，点划蕴内美。
隶楷两相兼，方圆互为使。
貌若古佛容，刚劲无与比。
又似大头孩，憨态亦可喜。
朴拙杂灵通，字字含妙理。

大小任所之，胆气壮书史。
历来学书人，不知有凡几。
善悟复活参，师古在骨髓。
依样画葫芦，终将自凋毁。
咏怀方寸心，勉勖省诸己。

戊戌清明携妻儿谒杜甫草堂

雨后清明景气和，草堂竹树翠交柯。
百花高下分行路，一水萦洄挽逝波。
亭阁依然时在念，池塘尚尔此重过。
邻翁鸥鹭无由见，题刻碑铭独自摩。
谁使疮痍生计冷，从来圣哲国忧多。
朱门酒肉伤心哭，白发饥寒执志磨。
潦倒西川殊寂寞，飘零贫士倍蹉跎。
孤怀每忆真愁绝，病骨徒怜欲奈何。
忠义连云光海宇，声名撼世耀山河。
拟将典范雄浑句，换取平庸俚曲魔。
怅望周遭人语笑，低回往复我吟哦。
而今广厦如抽笋，到处岑楼似织梭。
禹甸擎天新日月，神州砥柱阻干戈。
小儿不识乱离苦，为解秋风茅屋歌。

过鹤山坪谒陈独秀旧居

序：五月三日返江津，闻出城三十里有“雨仙农谷”者，为近来网红度假村，遂思乘闲一游。翌日，携家驱车访之。不意上至山腰，忽于道旁青空浓翠中，见路牌标示陈独秀旧居即在侧近，方知此即五举乡之鹤山坪矣！予等旋即转向往瞻。予少时即知乡邦有独秀先生旧居，久思参谒而未果，今无意中得偿所愿，且逢“五四风雷”百周年之日，岂非天助此行哉！归来感先生奔逸绝尘，光明磊落，秉性刚方，贤哲立身之道，可谓毕矣。遂作此长句记之，藉表景仰之忱于万一也。

君不见人杰托身在吾乡，吾乡风物灿生光。
鹤山坪上溢空翠，想见先生立夕阳。
回首去日多少事，俯仰乾坤俱慨慷。
先驱确乎先知觉，霞骞[①]鹏迹[②]何煌煌。
风云激荡承际会，五四旗手国之梁。
宣陈德赛[③]魂梦绕，革变思潮伟世[④]狂。
新青年尚新民则，秀彦连镳[⑤]列门墙。
宏词论政关国计，健笔所向翻琳琅。
导师斗士合一体，箫心剑气两相当。
乘时唤起雷霆势，立党元功未易量。
平生不营玲珑巧，夙禀真纯自堂堂。
气吞湖海惊落日，谤积邱山凛飞霜。
系狱未损读书志，怅憾不克作文章。
罪与无罪逐条辩，庭审吐曜[⑥]犹昂藏。
功过毁誉终难论，尊荣冷遇两茫茫。
芦沟月残来寇盗，神州万里烽火扬。
流寓吾乡添老病，英雄离群介独[⑦]航。
千般不幸还蒙幸，生死追随贵糟糠。
退居山野失定所，炎威饥寒悉备尝。

故国难返羁怀寂，篱下依庇暗自伤。
瘦骨无力作狮吼，龙性难驯守贞刚。
不受公私无端济，古训萦心讵暂忘。
富势贫境安能屈，身处艰难更昭彰。
余力执著文字学，才士风规异庸常。
地僻年荒客罕至，薄暮晚景尽凄凉。
投医少药命一缕，先生卧榻偃偃僵。
无奈灯尽油干灭，六十有三终云亡。
幸得邓家重侠义，叔侄主事葬康庄[⑧]。
康庄本是邓家宅，此情义共江水长。
呜呼！彗星既陨万众惜，共惜坚操动四方。
还惜行止无愧怍，松格可与日月争精芒。
我来谒拜先生墓，清泪忾然湿衣裳。

【注】①霞骞：1.谓志向高远。晋陆机 《晋平西将军孝侯周处碑》：“忠烈果毅，庶僚振肃，英情天逸，远性霞骞。”2.谓如云霞之飞动。《艺文类聚》卷三八引南朝梁简文帝《南郊颂》序：“紫殿仙宫，霞骞鸟翥，雾映倒梁，日光疎钣。”②鹏迹：犹言荣耀的经历。③德赛：“民主”与“科学”的拟人化称呼。它们是五四运动重要的两面旗帜。其中，德先生英文是Democracy，意思是“民主”，具体指民主思想和民主政治；赛先生英文是Science，意思是“科学”，具体指近代自然科学法则和科学精神。④伟世：光大时世，使时世光大。《三国志•魏志•荀彧传》“韦康 为 凉州”裴松之 注引 晋 挚虞 《三辅决录注》：“前日元将 来，渊才亮茂，雅度弘毅，伟世之器也。”⑤连镳：骑马同行，语出《世说新语•捷悟》。⑥吐曜：发出光辉。亦借指能发光的日月星。⑦介独：孤傲清高，不随流俗。⑧康庄：江津实业家双燮康及其叔父双蟾秋共同修建的“康庄别墅”。

避暑合江天竺山庄捕得溪鱼数十携归渝州蓄养斋中戏作长谣兼呈诸同游相与一哂

天竺沟中风日清，白云当头徐趋迎。
夹道毛竹催爽气，岩幽谷翠倍鲜明。
淙淙水流三十里，中有嘉鱼作队行。
目及灼烁乘流聚，光唇柳根半知名。
丹霞峭壁尽恣逸，澄潭阴涧乐其生。
我今暂抛世间事，避暑斯须濯尘缨。
尽日观鱼踞石坐，适性忘机散余酲。
且喜拨刺见鱼掷，时闻鸟啼梦不惊。
我本自幼爱鱼戏，与人爱鱼心各异。
人爱筌鱼享口欲，我独羡鱼无牵束。
翛然心远驻魂精，对此岂堪了无营。
携儿网得数十尾，鳜鳞映日何晶晶。
续氧于桶免伤损，飞车还返渝州城。
书斋案头玻缸内，揣拟癖习故渊情。
圉圉难遂渺漭意，鹅石造景任纵横。
入水翩眇存野性，回环潜跃神趣倾。
虽无流涧渟渊益，却避鼎食锅里烹。
江湖原来伸缩变，应思寖久见虚盈。
止观恬养怡我眼，舒我尘累俗念轻。
无边岁月存妙用，看惯浮沉气性平。

庚子新春闭门抗击新型冠状病毒因成长句以记其事

江汉生戾疫，毒染四方吓。
新春逾倍剧，要闻朝复夕。
数据频加添，凶夭哀痛惜。
居家闭户宅，忧惧无个益。
戮力阻灾情，封城势况迫。
千里归乡客，防控分判隔。
廛路少行人，口颊束绵帛。
值此交横逆，白衣勇任责。
扶危彰大爱，慈忍见肝膈。
安平暂抛掷，良知继国脉。
百粤钟南山，品俦古贤格。
施医屡夺席，高名耀川泽。
壮怀诚不易，垂老葆丹赤。
挺身解时艰，前沿作柱石。
众志谋偕适，中西合成璧。
上下所愿齐，终有驱魔策。
可恨饕餮者，野味何堪炙[①]。
祸由贪吃来，殃非一日积。
群类本閤怿，难容尔溷索。
应存敬畏心，应思因果厄。
天道悲毁拆，文明弃杀获。
地球伏疾革，同契共参择。
念念古神州，恶梦速冰释。
谛信穹宇碧，清风满九陌。

【注】①. 据国家疾控中心研究发现，本次新型肺炎病毒的宿主来源于野生动物。

词

鹧鸪天

雾色无边水动云。千般草木又争春。薰风拂拂初舒眼，暖气融融欲醉人。　　惊岁别，逐时新。看花俯仰费精神。蓦然回首观心处，梅骨孤芳不改真。

念奴娇•钓鱼城怀古

鱼山雄峙，叹三江渺邈，峰峦凝碧。眼底镞痕消未尽，雉堞峥嵘归寂。忆昔惊心，天狼压境，众志成坚壁。孤城蜗窄，独撑危局谁匹。　　此际凭吊英灵，残碑静对，心绪愁如织。妖妇贰臣当日事，评说真同胶漆。功过荣名，灰飞骨朽，转瞬俱陈迹。沧桑更替，中华同共春色。

【注】钓鱼城位于重庆合川城郊，嘉陵江、渠江、涪江三面环绕。南宋淳二年(1242年)，重庆知府余玠筑钓鱼城积极备战以抵御南侵元兵。公元1258年，蒙古大汗蒙哥亲率10万大军进入川峡四路，欲效西晋灭吴之法，先取长江上游，然后挥水师顺江东下，配合陆路平定江南，直至统一中国。次年2月，蒙哥所率军马兵临钓鱼城，遭逢钓鱼城主将王坚与副将张珏率军民殊死抵抗，最终命丧于此，使蒙古汗国不得不从欧亚战场撤军，从而改变了整个世界格局。当时，钓鱼城就以“东方麦迦城”、“上帝折鞭处”而名震中外。此后，钓鱼城军民坚持抗战，前后历经大小战斗200余次，直到南宋祥兴二年(1279年)正月，帝昺在厓山蹈海之后，守将王立在其“义妹”一熊耳夫人的策动下开城降元，至此方结束钓鱼城36年抵抗战争的光辉历程。

鹧鸪天——广州电视塔

靓丽娉婷妙曼腰。长身玉立欲摩霄。声飞粤峤矜仪像，势出珠江作地标。　　衔晚照，领新潮。华灯驰彩耀平桥。楚庭和气欢然处，结客登临不费招。

减字木兰花•泉城春好

泉城春好，宠柳娇花如画绕。鹊傍人飞，瑞气当头东复西。　芳辰风扫，物候惊心人易老。回首俱非，搏弈歌呼自笑痴。

【注】中国书协会员培训班于今日在济南南郊宾馆结束。昨日饭后与德宏兄闲步泉城公园，感当年各自为象戏所扰而叹日月之过翼，遂作此记之。

浣溪沙

晨起读书，窗外忽飘来王铮亮所唱《时间都去哪儿了》一曲，怅触感怀，词以记之。

赖有图书豁我怀，明窗时有市声来，笙歌入耳口慵开。　休问时间哪去了，早知世事固难谐，曩年行迹思悠哉。

摊破浣溪沙

蹀躞春山四体轻，嫣红嫩绿映空明。对此羲舒人欲醉，总关情。　旧事纷纭牵百绪，隙尘认幻久为荣。浪掷忘机鸥鹭性，怅浮生。

八声甘州•兰亭怀王右军

叹崇阿迭岭，远横塘，依然郁苍苍。对悠悠万化，靡靡雨过，鹅戏波扬。勒石碑铭遗式，瞻顾久彷徨。千载书人梦，此意难量。　江左风流余慕，逸少诚国举，岳秀无双。忆山阴邀会，襟抱悟真常。酒酣挥、临河一序，日同光、古韵信弥长。犹怀想，记当禊日，坐待春芳。

【注】国举，指全国所推重的人。南朝宋刘义庆　《世说新语•赏誉》：“庾公云：‘逸少　国举。’故庾倪为碑文云：‘拔萃国举。’”

鹧鸪天

兰渚风流续世传。一城如梦水凝烟。来参雅会人千个，拾得清吟诗数篇。　　忆往事，证前缘。心情不复似当年。可堪奋勉精神处，放笔昂藏独自宽。

山花子·兰亭

岩岫清嘉映颢穹，昨宵雨润串花红。莺语鳞游修竹下，小桥东。　　徐步兰亭浑似梦，飞觞曲水梦非空。和气熙怡怀逸少，仰高风。

广寒秋·己亥中秋探视家兄于医院病榻泫然赋此

华灯耿耿，秋河渺渺，憔悴何堪摧绝。清宵百感语难倾，怎解得，愁肠千叠。　　分忧无计，回春乏力，等是团圆时节。今年独不似常年，对此夕，无心看月。

水龙吟·庚子正月初八感怀

白云牵梦攸游，鹤楼杰阁鲜澄浮。江流日夜，诗骚鼓角，人文焕映。骤忽惊哀，荆襄厉疫，屠场作病。引控防公患，封城闭户，安民庶，时箴警。　　直道仁心协应。送瘟君、国医贞秉。临深履薄，参横斗转，愍怜匡拯。禀畏生灵，禽贪招祸，记怀持敬。盼东风拂地，登高再赋，神州森挺。

菩萨蛮·抗疫感怀

凭窗伫望芳春树，情牵荆楚曾游处。毒瘴肆横行，死丧实可惊。　　白衣怀大勇，面颊离痕共。感励万人心，伤时厌八音。

适可居集陆二百绝

《适可居集陆二百绝》自序

集句诗乃旧时作诗方式之一。明人徐师曾《文体明辨序说》云："按集句诗者，杂集古句以成诗也。自晋以来有之，至宋王安石尤长于此。盖必博学强识，融会贯通，如出一手，然后为工。若牵合傅会，意不相贯，则不足以语此矣。"

余近年于公务之暇，每集前人成句以为戏，偶有会心之作，则假手机微信以发海内师友，不意每得勖勉。由此兴趣陡增。

丁酉新春，余偶见清人谭国恩《写趣轩集陆别编》，所集陆放翁七绝37题50首，情韵深婉，又复苍凉悲壮，即事体物，浑然天成。此所谓以前人旧句作自家新诗。且熔铸入妙，沛然如肺腑中喷薄而出，读来不觉技痒。爰作效颦之举。初拟于放翁《剑南诗稿》试集若干绝句以自娱；待集成五十首时，继思以一百首为限；岂料百首集成，一发而不可收。数月之间，于公事乘闲，一卷在手，检索不懈，殆忘食寝，几废毛锥。至国庆中秋之日，已得五、七绝二百余首。前人曰："作诗非有才不能，集诗非有思不能，夫诗思之深于诗才也多矣。"窃谓作诗固难，集前贤成句为诗亦洵非易事。况乃集句虽文字游戏，亦须触物兴怀，深思默会，采其精华，非同拾人牙慧，岂徒以字句拼凑而已哉！须知此实为学诗之方便法门，要在解构重组前人好句之时，复能寻阶而进。学之者精心模仿，体会操存，正如学书者之集字成篇，于法帖层层透入，洞见古人精妙所在，自不难深入法海，博得道要，至通家而入变化之堂奥矣。且集句成篇，亦须中存怀抱，外严矩度，俨若新词自造。故余每集一绝，皆标以题目以寄眼中所见、胸中所感。所幸余平生探幽揽胜，游踪尚富；遇事交友，亦多感悟。举凡曩年放逸不拘、纵笔弄墨、赌酒敲棋之类，每一忆及，于脑海中皆构成一意象，旋拈放翁丽句直抒所怀。每首之中，苟一句雷同，必置而另构；一字重出，除意有不可替者，必然弃之不用；至于东冬江阳、元寒删先，亦决不混淆，其他诸如挤韵、连韵之属亦竭力避之。入眼佳句，具此感发，每不可遏。凡此皆不以我之所作就放翁，而以放翁之所作就我也。盖余之于放翁，素来喜其高旷之胸襟、真挚之情性、清纯之品格，是以读《剑南诗稿》有年，且每书放翁诗联以遣清兴，遇绝妙句，辄吟咏再三，复默记之，手录之，渐积成帙。故每有灵光乍现，信手拈来之作。如："碧桃缥缈著花稀，近水松篁锁翠微。最喜夕阳闲望处，白鸥争傍小滩飞。"（《湖上晚望》）"豪华无复当年乐，客里忽惊春事空。自古世间如意少，诗成多是在车中。"（《倦游书事》）"卷里光阴能属我，世间万事有乘除。自怜报国无他技，戏就明窗学草书。"（《学书感怀》）亦自觉意境翻新，略无斧凿痕迹。然，余迫于才力，加之不免贪博而忘精，故集中亦多凑泊牵强之作。识者自能鉴别。

余平生苦乏诗才，是以每作一诗，构思极艰。而集此二百余绝，居然数月而就，此知他年归休之时，得以集古人之句度日，亦天地间一大快事也。

丁酉仲秋漆钢于渝州适可居

新春感事

一年光景又成非，世事何知与愿违。
惟有吾心终可恃，卷翻狂墨瘦蛟飞。

1. 岁暮出游。2. 排闷。3. 夜窗。4. 醉中草书因戏作此诗。

丁酉正月十五日作

叹息人间岁月遒，极知心外更何求。
草书落纸龙蛇走，不负凌云百尺楼。

1. 即事。2. 道院述怀二首•其一。3. 醉中作。4. 梦中作。

读《影尘纪实》有感

学道当从不自欺，工夫深处却平夷。
世间如梦身如寄，怀抱惟应风月知。

1. 自警。2. 追怀曾文清公呈赵教授赵近尝示诗。3. 醉吟三首•其二。4. 梅花已过闻东村一树盛开特往寻之慨然有感。

有所思

少日猖狂不自谋，细思愈觉此生浮。
从今相勉躬行处，养气要如刀解牛。

1. 秋思二首•其一。2. 有所感。3. 示邻里。4. 遣兴二首•其一。

休日登黄桷古道

古道迢迢人迹稀，南山如黛照朱扉。
浩然物外真堪乐，声利场中偶解围。

1. 归兴二首•其二。2. 休日行郡圃。3. 梅市。4. 题幽居壁二首•其二。

野　意

急雨初过景物奇，翠崖红栈郁参差。
关关幽鸟将雏语，不待招呼尽入诗。

1. 信笔三首•其三。2. 怀旧六首•其四。3. 野兴二首•其二。4. 早春池上作。

遣　兴

心如顽石忘荣辱，安命知天更不疑。
笔墨有时闲作戏，矮笺匀碧录唐诗。

1. 解嘲。2. 幽居书事二首•其二。3. 初到行在。4. 初夏幽居四首•其三。

题江涛兄山水图

西园雨打杏花稀，新竹森森添旧围。
赖有小山聊慰眼，数家烟火自相依。

1. 杨柳枝二首•其二。2. 南堂脊记乃已三十年偶读之怅然有感。3. 晦日西窗怀故山。4. 龟堂东窗戏弄笔墨偶得绝句五首•其四。

静夜读书有感

吾生何拙亦何工，岁月相寻岂有穷。
落落要居流俗外，忘忧正在寂寥中。

1. 和谭德称送牡丹二首•其二。2. 探梅。3. 北窗怀友。4. 斋中读书罢有感。

探　梅

江头还见去年梅，漠漠轻阴隐隐雷。
要信今年春事早，不妨自向雨中开。

1. 蜀院赏梅。2. 小桥。3. 新燕。4. 春雨绝句六首•其五。

舟中野望

一林丹叶换青枫，影落清波十里红。
俊鹘横飞遥掠岸，飘然来往淡烟中。

1. 城上二首•其二。2. 泛舟观桃花五首•其二。3. 初发夷陵。4. 六月二十四日夜分梦范至能李知几以尤延之同集江亭诸公请予赋诗记江湖之乐诗成而觉忘数字而已。

题湖山高士图

水鸭䴔䴖拍拍飞，烟波得意可忘归。
清心始信幽栖乐，独立溪桥看落晖。

1. 夜泛湖中。2. 闲中自嘲。3. 斋中杂兴二首•其一。4. 嘉定　巳立秋得膈上疾近寒露乃小愈十二首•其一。

湖上晚望

碧桃缥缈著花稀，近水松篁锁翠微。
最喜夕阳闲望处，白鸥争傍小滩飞。

1. 梦中作。2. 雨晴游洞宫山天庆观坐间复雨。3. 自咏闲适。4. 自九里平水至云门陶山历龙瑞禹祠而归凡四日八首•其二。

观徐渭草书

莫笑欹斜字不匀，笔端亦自斡千钧。
纷纷满座谁能识，赏会犹须我辈人。

1. 过夷陵适值祈雪与叶使君清饮谈括苍旧游既行舟中雪作戏成长句奉寄。2. 读林逋魏野二处士诗。3. 十一月三日过升仙桥作三首•其一。4. 春游。

友人以春兴一首见寄依韵作此奉酬

酣畅年来岂易逢，聊将醉舞答春风。
闲愁掷向乾坤外，回首功名一梦中。

1. 陈少监饷澄清堂酒。2. 春晚村居杂赋绝句六首•其三。3. 落魄。4. 灯下读玄真子渔歌因怀山阴故隐追拟五首•其一。

参加同学会归后有寄

弦诵光阴转手空，偷闲聊与少年同。
殷勤记着今朝事，落笔纵横半醉中。

1. 斋中读书罢有感。2. 上元二首•其二。3. 弋阳县驿。4. 晚窗。

对酒戏作

古人立志自童蒙，把酒尚思吾辈同。
老去懒寻年少梦，精神澡雪隐书中。

1. 又明日复作长句自规。2. 雨中作。3. 春寒连日不出。4. 书道室壁。

予学书三十余年仰望前贤有愧于心作此自嘲

墨丸入砚细无声，学似累棋那易成。
天付吾侪元自足，谁知所得亦平平。

1. 掩户。2. 枕上口占。3. 自诒。4. 春日杂兴十二首•其八。

晚　春

山杏溪桃次第开，晚春光景亦佳哉！
谁知此夕西窗里，也有飞飞小蝶来。

1. 新燕。2. 连日往来湖山间颇乐即席有作。3. 感昔二首•其一。4. 新菊二首•其二。

狂吟偶成

读书亹亹要新功，渐入苍茫大泽中。
莫道颠狂无诉处，圣贤本亦与人同。

1. 吕氏子夔郎求诗。2. 梅市舟中作。3. 山园杂咏五首•其三。4. 自规。

倦游书事

豪华无复当年乐，客里忽惊春事空。
自古世间如意少，诗成多是在车中。

1. 连日至梅仙坞及花泾观桃花抵暮乃归二首•其一。2. 春晚书怀三首•其一。3. 嘉定己巳立秋得膈上疾近寒露乃小愈十二首•其三。4. 倦飞。

闲　趣

春风催暖入园林，一日身闲直万金。
宴坐有书聊作伴，诗联未稳更长吟。

1. 上元后连数日小雨作寒戏作四首•其二。2. 晚春东园作二首•其一。3. 首夏•其三。4. 秋思二首•其一。

耽诗有感

书因忌作闲终日，旧爱潜移不自知。
莫笑赋诗无杰句，年来用短始能奇。

1. 秋社。2. 无题。3. 十月八日九日连夕雷雨。4. 初到蜀州寄成都诸友。

太华山

云开太华插遥空，九万天衢浩浩风。
最是平生会心事，登高意气尚豪雄。

1. 花下小酌二首•其二。2. 宿上清宫。3. 烟波即事十首•其二。4. 武担东台晚望。

逢春有感

风月未须轻感慨，逢春直欲倒千缸。
个中诗思来无尽，笔力终惭鼎可扛。

1. 宿枫桥。2. 家园赏花。3. 晚眺。4. 北窗。

春夜独坐

平生苦学竟谁知，意气尚如年少时。
行遍天涯千万里，高情辞达自成诗。

1. 哭李孟达。2. 记梦。3. 小园四首•其三。4. 暇日坐山麓松石间作。

南山寻梅

坐觉春风万里宽，寸心自许尚如丹。
一年似此佳时少，为访梅花不怕寒。

1. 高斋小饮戏作。2. 书愤二首•其二。3. 纵笔四首•其四。4. 题刘溪莹上人梅花小轴。

春日对景

造化无心不汝私，此身自笑欲何之。
眼边好景真须惜，正在轻云嫩霭时。

1. 道室杂咏六首•其一。2. 月下醉题。3. 初夏杂兴六首•其四。4. 春游。

排闷自遣

镜里顿惊年事速，墙头催放数苞红。
浮云变态吾何与？要看青天入酒中。

1. 四月一日作。2. 山园草木四绝句•其三。3. 晚兴。4. 醉中作四首•其二。

感旧自嘲

少年曾纵千场醉，壮岁贪求未见书。
意气虽雄无处用，人间用短更谁如。

1. 自诒。2. 读论语。3. 赠老鸡二首•其一。4. 山墅。

自　遣

几净双钩摹古帖，流光冉冉迫崦嵫。
可怜遇事常迟钝，鲸浪浮天信所之。

1. 地僻。2. 秋兴二首•其一。3. 蔬园杂咏五首•其一。4. 纵笔四首•其一。

学书感怀

卷里光阴能属我，世间万事有乘除。
自怜报国无他技，戏就明窗学草书。

1. 秋夜读书有感。2. 冬夜读书示子聿八首•其八。3. 道山直舍。4. 雨后散步后园二首•其二。

戏　作

久矣微官绊此身，胸中原自有阳春。
扫除长剑华缨梦，却作腾腾任运人。

1. 遣兴四首•其四。2. 陈伯予见过喜予强健戏作。3. 道院杂兴四首•其一。4. 杂咏四首•其一。

斋中杂题

骄气年来痛自锄，时时临水看游鱼。
此心炯炯无人会，天阔云闲任卷舒。

1. 新岁颇健寄青城故人。2. 村翁。3. 幽居二首•其二。4. 贫中自戏。

自　娱

著句难工但自娱，草书大叫写成图。
笔端直觉无秦汉，付与乾坤造化炉。

1. 初夏。2. 醉歌二首•其一。3. 甲子秋八月丙辰鸡初鸣时，梦刘韶美示诗八篇，高古可爱明旦，作此诗志之。4. 累日文符沓至怅然有感三首•其一。

暮春感事

阅尽千葩百卉春，风吹红紫半成尘。
穷忙自笑常终日，事过始知天胜人。

1. 园中赏梅二首•其一。2. 春游。3. 春日杂赋五首•其三。4. 遁迹。

夜分有感

进德工夫在日新，年光冉冉苦催人。
颓然却自嫌疏放，也复灯前默怆神。

1. 进德。2. 思子虡。3. 午寝。4. 忆昔。

春日遣怀

业力顿消知学进，平生狂态扫无余。
一壶春色常供醉，数首清诗手自书。

1. 舟中口占。2. 舟中遣怀。3. 梦中作。4. 病后衰甚非篮舆不能出门感叹有赋。

寓　叹

小阁凭栏望远空，春深无处不春风。
大鹏境界纤尘里，叹息谁如造物雄。

1. 即事八首•其七。2. 园中偶题四首•其二。3. 述怀二首•其二。4. 南遇大风雨。

忆　昔

少日狂疏触怒嗔，凭高慷慨欲忘身。
小楼酒旆阑街处，自误青春不怨人。

1. 杂咏四首•其一。2. 暮春。3. 乍晴出游。4. 感事四首•其三。

书斋遣兴

光阴百岁已中分，临事岂忘尊所闻。
参透庄生齐物论，偶然看破是浮云。

1. 夜分读书有感。2. 纪怀。3. 祠禄满不敢复请作口号三首•其一。4. 仲秋书事十首•其五。

静夜怀人

淡淡论交端有味，平生一饭不忘君。
凭阑叹息无人会，静处工夫自策勋。

1. 出游至僧舍及逆旅戏赠绝句二首•其一。2. 九月初作四首•其四。3. 山茶。4. 老学庵北窗杂书七首•其三。

见人退休感赋

归休正得求吾志，况是溪山幽绝地。
愈信人生有宿因，悠然一笑谁能识？

1. 示客。2. 即事六首•其二。3. 受外祠敕. 4. 独至遁庵避暑庵在大竹林中二首•其一。

感　旧

灯前感旧欲消魂，触事平心无怨恩。
回视少时真隔世，流年去似海涛翻。

1. 绍兴庚辰余游谢康乐石门与老洪道士痛饮赋诗既还山阴王仲信为予作石门瀑布图今二十有四年开图感叹作二首•其一。2. 次韵李季章参政哭其夫人七首•其四。3. 属疾。4. 晚春二首•其一。

夜读陶诗有感

胸次从初抵海宽，平生不喜作鹏抟。
功名梦境元非实，手把陶诗侧卧看。

1. 自述。2. 书志。3. 寄陶茂安监丞。4. 冬初法云。

杂　兴

寸步何曾不险艰，养慵终觉愧吾颜。
偶思五十年来事，得意唐诗晋帖间。

1. 感昔七首•其七。2. 冬晓。3. 寒夜偶怀壮游书感。4. 出游归鞍上口占。

游　山

竹密云深步步迷，木阴合处子规啼。
雨余千叠暮山绿，露湿蓼花红一溪。

1. 天王寺迪上人房五十年前友人王仲信同题名尚在。2. 紫溪驿二首•其二。3. 暮春龟堂即事四首•其一。4. 秋日杂咏八首•其七。

六月十三日彭水归后作

出游随处一开颜，偷得劳生数刻闲。
我欲从今焚笔砚，白云堆里看青山。

1. 出游。2. 焚香昼睡比觉香犹未散戏作二首•其二。3. 村居闲甚戏作二首•其二。4. 记闲。

自　勉

学诗大略似参禅，清静全胜欲界天。
造道浅深看应物，胸中元自要超然。

1. 赠王伯长主簿。2. 致仕后即事十五首•其八。3. 自儆。4. 秋思十首•其四。

书房杂题

小雨萧萧又作寒，砚池风过起微澜。
读书历见古人面，丈室端居抵海宽。

1. 秋雨。2. 题斋壁二首•其一。3. 梦中作。4. 闭户•其三。

感　昔

秋雨萧萧夜不眠，龙吟虎啸满霜天。
扫空百局无棋敌，豪举何人记少年？

1. 夜读了翁遗文有感。2. 松下纵笔四首•其一。3. 湖上遇道翁乃峡中旧所识也。4. 晓出城东。

追感卅年前旧事有作

少年身寄市朝中，烂醉狂歌亦足雄。
棋劫正忙停晚饷，平生万事付天公。

1. 龟堂杂兴十首。2. 连日至梅仙坞及花泾观桃花抵暮乃归二首•其一。3. 看镜。4. 戏书燕几二首•其一。

太 息

力弱才疏挽不前，新诗愁绝少成篇。
虚名自古能为累，细字斜行肯见传？

1. 文章。2. 新秋二首•其二。3. 高卧。4. 庄器之作招隐阁项平父诸人赋诗予亦继作。

春郊即景

古寺闲房闭寂寥，东西相望两湖桥。
螺青点出暮山色，强半春光醉里销。

1. 醉中出西门偶书。2. 湖山杂赋五首•其三。3. 旅游二首•其二。4. 得季长书追怀南郑幕府慨然有作。

有 愧

古砚微凹聚墨多，一生光景易蹉跎。
浮名半世虚催老，挥帖无由致白鹅。

1. 书室明暖终日婆娑其间倦则扶杖至小园戏作长句二首•其二。2. 自规。3. 冬晓。4. 冬晴闲步东村由故塘还舍作二首•其一。

读史戏作

触事无心得最多，扫空尘抱养天和。
浮云每叹成苍狗，莫学痴人梦蚁窠。

1. 连日大雨门外湖水渺然。2. 自述。3. 寄题胡基仲故居。4. 对酒戏作。

自 规

俗事纷纷有底忙，勿为无益费年光。
眼明未了观书债，博齿争豪悔昔狂。

1. 庵中晚思。2. 老学庵。3. 出游归卧得杂诗八首•其三。4. 风雨旬日春后始晴。

对 酒

壮岁光阴随手过，一杯浊酒即醺然。
扫除身外闲名利，顿觉情怀似少年。

1. 江夏与章冠之遇别后寄赠。2. 杂感十首•其六。3. 出游二首•其一。4. 对酒戏作二首•其二。

读庄子有感

道义流闻意已倾，安心随处是修行。
爱身不惰如怀璧，一读南华眼自明。

1. 次金溪宗人伯政见寄韵。2. 道院遣兴。3. 明日观孤寂诗不觉大笑作长句自解。4. 掩户。

论 书

纸上兴亡看亦轻，懒随年少事声名。
论书尚欲心先正，信手拈来尽可惊。

1. 戏咏闲适三首•其一。2. 送梁谏议。3. 自诒。4. 秋风亭拜寇莱公遗像二首•其二。

斋中杂感

信命从来不问天，平生怀抱固超然。
扫空身外闲荣辱，愚智同归有限年。

1. 记梦。2. 小酌。3. 即事。4. 夜登白帝城楼怀少陵先生。

生　涯

乘除亦有堪惭处，造物争功谢不能。
借问生涯在何许，夜分未灭读书灯。

1. 自嘲。2. 读前辈诗文有感。3. 赠道友五首•其四。4. 秋晚书怀二首•其二。

夜坐感述

追念平时只自惊，天真堪笑博浮名。
唤回痴梦尘机息，安用鹏抟九万程。

1. 雨夜。2. 怀谭德称。3. 躬耕。4. 示邻曲。

自　宽

从来自许知何等，妄想元无一事成。
赖有吾儿堪暖眼，临窗和以读书声。

1. 秋夜。2. 龟堂杂题四首•其一。3. 野堂四首•其三。4. 闻笛。

中夜读《棋坛元戎杨官麟传》

日月无根去若驰，灯前一局欲残棋。
研求岂足窥微指，此兴何曾有尽时。

1. 暮春龟堂即事四首•其三。2. 悲秋。3. 圣门。4. 晓雪二首•其二。

题　画

每寄幽情烟水间，满滩鸥鹭伴清闲。
此心欲语知谁听，唤起陈抟醉华山。

1. 幽情。2. 结茅。3. 东园小饮四首•其四。4. 纵笔四首•其四。

题江涛兄山水册

满山烟雨共凄迷，莺占高枝尽日啼。
怪底诗情清彻骨，深居聊复学幽栖。

1. 春日绝句八首•其七。 2. 雨后集湖上。 3. 枕上二首•其二。4. 深居。

读隐书作

更事多来见物情，古今莽莽叹浮生。
隐书不厌千回读，安得高人与细评？

1. 春日杂兴十二首•其六。2. 五鼓起坐待旦。3. 玉笈斋书事二首•其二。4. 春晚。

龙头寺公园即景

湖水无风镜面平，往来鱼鸟各忘形。
春浓日永有佳处，花影扶疏自满庭。

1. 泊舟二首•其二。2. 舟过道士庄。3. 春日。4. 中夜起登堂北小亭。

忆旧述感

百年光景近中分，静处何妨独策勋。
安得此身重壮健？始知富贵本浮云。

1. 雨后登西楼独酌。2. 野堂四首•其二。3. 杂感六首•其五。4. 甲子秋八月偶思出游往往累日不能归或远至傍县凡得绝句。十有二首杂录入稿中亦不复诠次也•其八。

养　心

养心功用在还婴，几许工夫学得成。
正使有为终淡泊，善言铭座要躬行。

1. 道室述怀。2. 题庐陵萧彦毓秀才诗卷后二首•其一。3. 闭户。4. 自诒。

秋游即景

轻烟薄霭九霄寒，飞观峥嵘天宇宽。
丹叶满林霜落后，祥云径尺照金盘。

1. 中秋夜半后无云而月色微淡尤为绝景。2. 夜登山亭。3. 出游五首•其二。4. 忆天彭牡丹之盛有感。

对 月

学当尽力去浮华，世事何曾挂齿牙。
今夜月明空叹息，文词浅俗不名家。

1. 自儆。2. 秋兴四首•其四。3. 别严和之二首•其一。4. 自嗟。

遣 闷

又是一年春事了，光阴堪叹捷飞腾。
此生自计终何取？抖擞尘埃尚未能。

1. 蚕麦。2. 戊午元日读书至夜分有感二首•其二。3. 九月初作四首•其二。4. 游山三首•其一。

书 喜

半世学骚终不近，此身犹堕乱书围。
尔来幸有宽怀处，醉草今年颇入微。

1. 初夏幽居偶题四首•其四。2. 宿近村。3. 暮春龟堂即事四首•其一。4. 醉中草书因戏作此诗。

秋 色

秋风袅袅雨斑斑，九月山村已骤寒。
身在范宽图画里，霜高初染一林丹。

1. 道石三首•其一。2. 暮秋六首•其五。3. 初冬杂题六首•其二。4. 秋兴二首•其二。

暇日遣兴

爱书习气嗟犹在，静处工夫却少增。
偶有会心成独笑，自歌一曲醉腾腾！

1. 官居戏咏三首•其三。2. 书室。3. 书南堂壁二首•其一。4. 醉吟三首•其三。

戏　作

陶公妙诀吾曾受，古义虽闻要力行。
一卷隐书为日课，不知身外有浮名。

1. 松下纵笔四首•其三。2. 书生。3. 独至遁庵避暑庵在大竹林中二首•其二。4. 秋兴。

静夜作草

挥洒淋漓自足豪，天将清夜付吾曹。
谁知此际超然处，那计风微燕雀高。

1. 休日与客燕语既去听小儿诵书因复作草数纸。2. 暑夜泛舟二首•其二。3. 夜坐中庭凉甚。4. 和范待制秋兴三首•其三。

湖　上

湖上千峰翠作围，海鸥与我两忘机。
放怀始得闲中趣，天地无私春又归。

1. 渔扉。2. 独坐。3. 假日书事。4. 东轩花时将过感怀二首•其二。

题江涛兄山水图

醉里心宽梦里闲，棋声流水古松间。
人生乐处君知否？有癖应缘酷爱山。

1. 自喜。2. 冬晴日得闲游偶作。3. 初春感事二首•其二。4. 闲中自咏。

书　感

常为梳头感发稀，壮心虽在事多违。
拟将疏逸消豪气，笑拂吴笺作草飞。

1. 渔扉。2. 新凉示子遹时子遹将有临安之行。3. 江亭冬望。4. 湖山寻梅二首•其二。

遣　兴

少年误计慕浮名，老眼看来一发轻。
惟恨题诗无逸气，乱云深处听滩声。

1. 视东皋归小酌二首•其二。2. 功名。3. 简谭德称。4. 思云门。

新　年

去日堂堂挽不回，新年作意待春来。
清闲即是桃源境，笑口何妨处处开。

1. 春雨复寒遣怀。2. 雪晴至后园二首•其一。3. 遣兴四首•其四。4. 即事。

流 年

流年冉冉去无情，诗慕雄浑苦未成。
一事却须常自勉，时临阁帖杂真行。

1. 闻鸟声有感二首•其二。2. 江村二首•其一。3. 表侄江垧种竹名筠坡来求诗。4. 新治暖室。

南中客舍对雨

行路虽难莫更论，远游无处不消魂。
雨窗忽有高谈兴，聊对湖山倒百尊。

1. 雨中泊赵屯有感。2. 剑门道中遇微雨。3. 秋兴四首•其三。4. 辛丑十月诸公馈酒偶及百榼戏题长句。

叹 息

虚名但可欺横目，细读新诗笔欲焚。
倘得此生重少壮，闭门方用十年勤。

1. 寓叹。2. 赠陆伯政。3. 客去追记坐间所言。4. 龟堂杂兴十首•其九。

书怀寄友人

此身露电那堪说，灵府超然外物轻。
商略人生如意事，杯觞豪举笔纵横。

1. 忆昔。2. 病起山居日有幽事戏作二首•其一。3. 秋思十首•其一。4. 书意。

年　光

冉冉年光过眼空，会心聊付一编中。
小诗旋录兼行草，潇洒宁能与昔同。

1. 倦飞。2. 秋雨中作。3. 秋雨不止排闷。4. 读范文正潇洒桐庐郡诗戏书。

旷　怀

奋迹穷阎本甚微，功名自古与心违。
寒生事业秋毫尽，知我何妨举世稀。

1. 懹昔。2. 十一月廿七日夜分披衣起坐神光自两眦出若初日室中皆明作诗志之。3. 北窗。4. 自宽。

闲　情

才不才间未必全，只将闲事占流年。
明窗揽笔聊挥洒，要信人生各有缘。

1. 秋思十首•其四。2. 病中遣怀六首•其二。3. 午晴试笔。4. 闲中富贵二首•其一。

对镜偶感

脱发应无术可栽，试凭诗思洗氛埃。
少年妄想今除尽，何事能妨笑口开？

1. 细雨。2. 夜思。3. 紫薇。4. 杂感四首•其二。

除笔墨事非所欲也作此自宽

师友书中古圣贤，端居胸次自超然。
半池墨渖临章草，五十年来不负天。

1. 出游二首•其一。 2. 岁晚六首•其二。 3. 初春书怀七首•其六。4. 湖上遇道翁乃峡中旧所识也。

自　笑

自笑闲游心未歇，小轩风月为徘徊。
人生若要常无事，一饮犹能三百杯。

1. 闲游。 2. 杂感五首•其四。 3. 读李泌事偶书。 4. 醉中作四首•其一。

书　憾

诗囊羞涩悲才尽，日日元知有不如。
未遂初心惟一事，蝇头细字夜抄书。

1. 病中偶得名酒小醉作此篇是夕极寒。2. 题庵壁。3. 春日杂赋五首•其三。4. 病愈小健戏作二首•其二。

闲　情

身闲剩觉溪山好，春色撩人不忍违。
渺渺江天无限景，沙鸥与我共斜晖。

1. 寄题朱元晦武夷精舍五首•其三。2. 山园杂咏五首•其三。3. 泛舟过金家埂赠卖薪王翁四首•其一。4. 秦皇酒瓮下垂钓偶赋。

秦巴山道车中远眺

莫嫌风雨作新寒，上尽危梯宇宙宽。
秋气已高殊可喜，枫林初染早霞丹。

1. 初冬杂题六首•其二。2. 江楼夜望。3. 小园独酌。4. 视陂至崇仁村落。

心　安

未觉浮生一笑难，百年聊作梦中观。
此心所要常无愧，万事当从心所安。

1. 池亭夏昼二首•其二。2. 一笑。3. 野兴四首•其一。4. 初春感事二首•其二。

七月十九日杨霜先生逝世两周年作

拈起幽怀总是诗，从来不解入时宜。
冰霜难与夏虫语，胜负浑如未算棋。

1. 夜归舟中作。2. 初冬杂咏八首•其一。3. 道室杂咏六首•其三。 4. 寓叹。

书　志

灯下书成铁砚穿，赏心幽事故依然。
不须苦学飞腾术，且结梅花淡淡缘。

1. 夙兴弄笔偶书。2. 幽事二首•其一。3. 杂兴十首•其一。4. 残腊二首•其二。

自 愧

白云红树画图间，好鸟穿林去复还。
一首清诗记今夕，恨无杰句压溪山。

1. 迓益帅马上作。 2. 开东园路北至山脚因治路傍隙地杂植花草六首•其一。 3. 西村。 4. 孤村。

解 嘲

却忆初来尚少年，置心常在结绳前。
等闲一事还超俗，倒尽千钟是酒仙。

1. 江渎池醉归马上作。 2. 道室偶书。 3. 病中杂咏十首•其六。4. 湖上遇道翁乃峡中旧所识也。

野步至老君洞

地僻林深客到稀，洞天宫殿对清晖。
尚嫌尘境妨幽致，折得梅花作伴归。

1. 赠石帆老人。 2. 雨晴游洞宫山天庆观坐间复雨。 3. 春寒。 4. 城南寻梅得绝句四首•其二。

喜 晴

小雨霏霏旋作晴，春郊无处不堪行。
风和已染柳千缕，时听幽禽一两声。

1. 北窗。 2. 郊行。 3. 春晴。 4. 新晴。

雨中出游

江路梅花开尚稀，天寒雾雨正霏微。
清愁自是诗中料，著处吟哦不记归。

1. 岁暮出游。2. 渔家。3. 读唐人愁诗戏作五首•其二。4. 桃源。

对酒有作

中年畏病杯行浅，一气潜移不自由。
试问即今成底事，书狂犹足走蛟虬。

1. 杂赋十二首•其十。2. 感物二首•其一。3. 闲中自嘲。4. 出游。

街头遇周君乃余旧日棋友也

胸中浩浩著空虚，旷快真同纵壑鱼。
一局枯棋忘日月，饱谙成败更谁如。

1. 贫病。2. 泽居。3. 次前韵。4. 村醉。

阿蓬江放舟

纤纤微雨落还收，淡日穿云翠霭浮。
占尽人间清绝事，烟中一棹小江秋。

1. 晨起坐南堂书触目。2. 马上作。3. 秋思十首•其三。4. 湖山杂赋五首•其五。

春日戏作

岁月推迁万事非，今年真负此佳时。
闭门学古人共笑，是圣是凡谁得知？

1. 自嘲。2. 乙丑重五二首•其一。3. 醉中歌。4. 秋日出游戏作二首•其一。

老君洞

雨多山路蕨芽肥，危磴盘纡上翠微。
城市氛埃那许到，老君洞外小朱扉。

1. 晚春感事四首•其一。2. 卧龙。3. 题幽居壁二首•其二。4. 感昔七首•其六。

湖上远眺

遮日云生忽复收，斜阳红入寺家楼。
镜湖渺渺烟波白，渔艇真如一叶浮。

1. 秋阴出游。2. 湖上晚归。3. 湖山寻梅二首•其一。4. 行饭至湖桑堰东小市。

晴窗遣怀

欲作小诗还复懒，坦然无愧亦无惊。
丈夫几许襟怀事，肯使秋毫有妄情？

1. 独坐。2. 书室名可斋或问其义作此告之。3. 悲秋。4. 道室述怀。

暮游巴岳寺

袅袅炉香昼掩扉，参差碧瓦带斜晖。
不嫌终日无来客，扫尽红尘闭是非。

1. 春尽遣怀。2. 初春晚晴。3. 晚兴。4. 野兴二首•其一。

川西印象

川云漠漠雨冥冥，缭以重重翡翠屏。
坐觉尘襟真一洗，此行处处是丹青。

1. 初夏闲居八首•其二。2. 夏秋之交小舟早夜往来湖中绝句十二首•其六。3. 行东山下至南岩。4. 出游四首•其一。

江楼远望

嫩日和风不似秋，时时来倚水边楼。
江山重复争供眼，灭没烟波万里鸥。

1. 山游二首•其一。2. 杂题六首•其六。3. 南定楼遇急雨。4. 泛丹湖山间有感。

春郊漫兴

青山缺处日初上，绕郭江流清镜空。
水鸟避人横翠霭，凭谁画此碧玲珑？

1. 上虞逆旅见旧题岁月感怀。2. 野步至青羊宫偶怀前年尝剧饮于此。3. 小舟过御园二首•其一。4. 万州放船过下岩小留。

山　行

行穿荦确度谽谺，莫恨云山万叠遮。
商略最关诗思处，试沿流水觅桃花。

1. 纵游深山随所遇记之四首•其一。2. 晚登横溪阁二首•其一。3. 晚饭后步至门外并溪而归。4. 冬晴与子坦子聿游湖上六首•其四。

休日弄笔

快日明窗闲试墨，小诗常向此时成。
我无前辈千钧笔，投枕神安气亦平。

1. 幽事。2. 枕上二首•其一。3. 读前辈诗文有感。4. 美睡。

自　悟

世间巧拙亦何施，叹息人真未易知。
触事尔来多感慨，无心始觉有心痴。

1. 甲子岁暮。2. 对酒二首•其二。3. 初秋书感。4. 即事六首•其五。

赠棋友

绝口不谈浮世事，暮窗留客算残棋。
个中妙趣谁堪语，会有风云感会时。

1. 龟堂晨起。2. 春晚。3. 对酒二首•其二。4. 祈雨二首•其二。

放　怀

渐见新春换故年，流光莫恨去联翩。
放怀却有翛然处，聊遣龙蛇落蜀笺。

1. 霜冷。2. 见事。3. 幽居二首•其一。4. 胸次郁郁偶取枯笔作狂草遂成长句。

春夜读书有感

虚名不救眼前饥，开落花争数日迟。
回首纷纷俱梦耳，读书万卷要深期。

1. 闻松风有感。2. 余寒。3. 对酒。4. 三三孙十月九日生日翁翁为赋诗为寿。

癸巳早秋返江津友人持酒相召集此以助余欢

江楼豪饮夜淋漓，忘却如今两鬓丝。
大度乾坤容落托，一钩新月是相知。

1. 暮归马上作。2. 山亭观梅。3. 雪后出游戏作。4. 春晚自近村归。

泸沽湖避暑

人间有此白云乡，占尽炎天一味凉。
湖上榜舟归薄暮，旷怀真与世相忘。

1. 散策至湖上民家。2. 独至遁庵避暑庵在大竹林中二首•其二。3. 湖上晚归。4. 山居。

烟波即事

扁舟又向镜中行，雨断云归旋作晴。
高压孤峰增峭绝，新诗邂逅得天成。

1. 予十年间两坐斥罪虽擢发莫数而诗为首谓之嘲咏风月既还山遂以风月名小轩且作绝句二首•其一。2. 夏日五首•其四。3. 正月二十八日大雪过若耶溪至云门山中。4. 古驿。

暇日弄笔

人生志愿孰能同，世事宁论拙与工。
苍砚有池残墨在，力行犹足变雕虫。

1. 贫甚戏作长句示邻曲。2. 寓叹。3. 九月十一日疾小间夜赋二首•其一。4. 又明日复作长句自规。

夙　兴

业力驱人举世忙，依然余习未全忘。
爱书不厌如平壑，心静尤知日月长。

1. 西林傅庵主求定庵诗二首•其二。2. 道院述怀二首•其二。3. 夙兴。4. 寄题朱元晦武夷精舍五首•其三。

夜　赋

物理从来多倚伏，有为终蔽性光明。
尚嫌未到无为地，小草新诗取次成。

1. 园庐。2. 书怀。3. 道院遣兴。4. 初夏闲居八首•其五。

明窗纵笔

兴来犹作少年狂，飒飒惊蛇又数行。
名誉不如心自肯，书虽小退亦轩昂。

1. 晚步湖堤。2. 午晴试笔。3. 老学庵。4. 幽居。

雨中登金佛山

路入千峰百嶂中，无穷烟海接空蒙。
忽然四散不知处，狼藉残花满地红。

1. 晚泊。2. 泛舟泽中夜归。3. 三峡歌九首•其七。4. 春雨三首•其一。

春　游

春风忽已遍天涯，百紫千红占岁华。
十里织成无罅锦，武陵溪上看桃花。

1. 睡起至园中。2. 雨夜。3. 梅仙坞花泾观桃李。4，小艇。

自　得

自笑胸中抵海宽，闲愁那许上眉端。
悠然高咏平生事，书卷如曾隔世观。

1. 自笑。2. 初寒在告有感三首•其一。3. 泛三江海浦。4. 叹老。

客太湖

快哉一雨洗浮尘，又见湖边草木新。
俗事不教来眼境，幽窗闲对石嶙峋。

1. 秋望。2. 遣兴二首•其二。3. 初寒在告有感三首•其一。4. 自咏。

邛　池

此中与世暂相忘，宿雨初收见夕阳。
记取镜湖无限景，四时可爱是新凉。

1. 午梦。2. 自上灶过陶山。3. 秋社。4. 八月九日晚赋。

秦巴山即景

红日将升碧雾浮，林间缥缈出层楼。
登临每叹乾坤大，一醉千岩万壑秋？

1. 夏夜起坐南亭达晓不复寐。2. 休日登花将军庙小楼。3. 溪上夜钓。4. 寄龚立道。

治　生

治生何用学陶朱，局促人间百不如。
天理直须闲处看，此心元向利名疏。

1. 戏作治生绝句。2. 看镜。3. 题斋壁二首•其二。4. 还家二首•其二。

自箴

前身已预兰亭会，宠辱元知不足惊。
切勿更为儿戏事，硬黄临帖眼犹明。

1. 秋雨初霁徙倚门外有作。2. 书喜二首•其一。3. 自箴。4. 闲身。

不寐

何物能为我重轻，纵横落笔走蛟鲸。
俗间毁誉惟堪笑，漏尽宁容更夜行。

1. 读史四首•其二。2. 张功甫许见访以诗坚其约。3. 岁晚怀镜湖旧隐慨然有作。4. 白首。

水村

客中更复客它邦，渺渺风烟接小江。
湿翠扑人浓可掬，水禽惊起不成双。

1. 中夜投宿修觉寺。2. 秋晚杂兴十二首•其十二。3. 宿石帆山下二首•其二。4. 十二月十日暮小雪即止二首•其一。

忆江南

山色空蒙雨点微，菱歌声里棹船归。
清愁满眼无人说，燕子横穿翠径飞。

1. 湖村野兴二首•其二。2. 晚归。3. 城南寻梅得绝句四首•其二。4. 戏书触目。

登八面山

山从树外参差出，百草长时花乱开。
更觉清游天所惜，振衣高处兴悠哉！

1. 泛舟至近村茅徐两舍劳以樽酒。2. 春日绝句八首•其四。3. 自汉州之金堂过沈氏竹园小憩坐间微雨。4. 九月晦日作四首•其二。

春山行

溪山胜处身难到，满眼新晴亦乐哉。
造物无心还有意，飞花并下绿岩来。

1. 到严十五晦朔郡酿不佳求于都下既不时至欲借书读之而寓公多秘不肯出无以度日殊惘惘也。2. 新晴赏牡丹。3. 梅花绝句六首•其六。4. 嘉川铺遇小雨景物尤奇。

赠　友

久厌俗情生眼白，笑谈谁共酒樽开？
拔山意气今何在，万事只如云去来。

1. 蛾眉村旅舍作。2. 雪中作。3. 出游四首•其一。4. 春近山中即事三首•其一。

习　气

众中论事归多悔，习气年来扫未平。
不道浑无排遣处，细书时读眼犹明。

1. 怀昔。2. 买油。3. 遣怀。4. 独夜。

题山居高士图

功名富贵两茫茫，且共山林夏日长。
耐事尚能心似铁，云闲已与世相忘。

1. 书怀。2. 示客。3. 秋兴四首•其二。4. 新作火阁二首•其二。

触　事

年来触事动忧端，清梦初回秋夜阑。
外物不移方是学，蜗庐虽小著身宽。

1. 病起。2. 秋雨渐凉有怀兴元三首•其三。3. 朝饥示子聿。4. 夜赋。

冻月师逝世已九周年矣作此追怀

一念何曾与世同，巉然使我叹犹龙。
高标不合尘凡有，太息何人解见从。

1. 谒巫山庙两庑碑版甚众皆言神佐禹开峡之功而诋宋玉高唐赋之妄予亦赋诗一首。2. 梦曾文清公。3. 梅花四首•其四。4. 秋雨初霁试笔。

题山居图

小坞梅开十二三，眼中独许我同参。
平生绝爱山居乐，食淡方知饭味甘。

1. 岁晚六首•其五。2. 送张叔潜编修造朝四首•其一。3. 山居。4. 山居。

飞机上作

千里浓云忽扫空，此心念念与天通。
颓然坐阅人间事，问道端须顺下风。

1. 十二月十日暮小雪即止二首•其二。2. 放怀亭独立有感。3. 野兴。4. 梅花四首•其四。

读苏东坡传有感

毕竟是非谁辨得，胸中要使浩无涯。
谗深只有天堪问，人事悠悠那可谐。

1. 杂赋十二首•其六。2. 读史四首•其四。3. 遣兴。4. 与邻翁登山亭。

痴　顽

笔健乍临新获帖，痴顽自笑更谁同。
不须强觅前人比，吾道力行方有功。

1. 病起山居日有幽事戏作二首•其二。2. 初夏幽居偶题四首•其一。3. 怀旧。4. 自规。

赠　友

强颜懒复看人面，耐辱禁愁却自嘲。
浮世升沉何足计，庞公千载可论交。

1. 累日文符沓至怅然有感三首•其三。2. 野兴。3. 席上作。4. 小筑。

秋 兴

人生各自适飞潜，架上堆书信手拈。
不寐裁诗真习气，清秋乍见月纤纤。

1. 重九不出遣怀。2. 新作火阁二首•其一。3. 不寐。4. 八月三日骤凉有感。

春 阴

春风浩荡作春阴，岁月催人感慨深。
犹有强宽怀抱处，鸟啼花落尚关心。

1. 春阴。2. 睡起二首•其二。3. 新晴。4. 晚春东园作二首•其一。

杂 赋

豪举当年气吐虹，酒翻红浪醉春风。
壮心未与朱颜改，回首真同一梦中。

1. 初寒在告有感三首•其二。2. 牛饮市中小饮呈坐客。3. 山园晚兴。4. 思蜀。

耽 书

壮岁耽书废夜眠，情深不碍韵超然。
用功若到无功处，人自今年异去年。

1. 自嘲。2. 梅花六首•其四。3. 病中作。4. 吴娃曲•其三。

作草偶感

不嫌墨浅字倾欹，变化相乘乃尔奇。
圣域渊源虽自力，始知才分有穷时。

1. 嘉定己巳立秋得膈上疾近寒露乃小愈十二首•其八。2. 晚晴。3. 斋中读书罢有感。4. 巴东遇小雨二首•其二。

杂　感

古书虽在渐难凭，绝学端居恨未能。
却羡少年轻岁月，身闲醉梦且腾腾。

1. 野兴四首•其二。2. 戊午元日读书至夜分有感二首•其二。3. 南园四首•其一。4. 冬晚山房书事二首•其二。

拙　修

来日翩翩去日遒，开编时与古人游。
平生不喜言争夺，巧说安能敌拙修。

1. 湖上晚归。2. 晴甫一日复大风雨连日不止遣怀。3. 夺锦轩。4. 默坐。

静　观

弄笔翻书岁又秋，胸中不解著闲愁。
静观世事频兴叹，利欲驱人万火牛。

1. 试笔二首•其一。2. 醉题。3. 遣兴二首•其二。4. 秋思。

春夜杂咏

霏霏春雨细如丝，清夜焚香读楚词。
忧患颇疑书作祟，情怀非复似平时。

1. 雨中遣怀二首•其二。2. 夜寒二首•其一。3. 得蜀信。4. 初冬有感二首•其一。

逢人问职级戏作

谋己常从一笑休，世间万事本悠悠。
人生适意方为乐，梦幻何曾有去留？

1. 感事。2. 杂咏十首•其五。3. 西岩翠屏阁。4. 闲游所至少留得长句五首•其五。

刊载某人以才子自居有感

感今怀昔使人愁，自古才高每恨浮。
学问更当穷广大，要知天下有高流。

1. 兰亭。2. 太息四首•其三。3. 示友。4. 林间书意二首•其二。

题山居图

万事空惊岁月遒，溪山合向画图收。
已能自置功名外，不著胸中一点愁。

1. 溪上避暑二首•其一。2. 野渡用前韵。3. 牛饮市中小饮呈坐客。4. 平生。

新 夏

竹树森疏夏令新，流年冉冉默伤神。
临窗静试下岩砚，臂弱学书肥失真。

1. 初夏幽居四首•其二。2. 新秋感事二首•其二。3. 幽思。4. 叹老。

自 愧

书为半酣差近古，蛇图余思入棋枰。
临窗蜀纸誊诗草，万事何曾有一成。

1. 斋中弄笔偶书示子聿。2. 小轩。3. 老境。4. 夜雨。

题江涛兄山居高士图

寻深巧被闲云到，幽鸟数声鸣竹间。
真有岩居临绝壑，一毫世事岂相关。

1. 翠微堂。2. 东园小饮四首•其四。3. 小山之南作曲栏石磴缭绕如栈道戏作二篇•其二。4. 末题二首•其一。

雨中游偏岩古镇

小雨空蒙物象奇，溪光竹色两相宜。
青林白鸟自成画，正是春寒欺客时。

1. 雨中过东村。2. 云溪观竹戏书二绝句•其二。3. 夏日北榭赋诗弈棋欣然有作。4. 雨中遣怀二首•其二。

湖上远望

有山有水登临地，花雨娱人落半岩。
湖上风光犹淡沱，夕阳船尾每相衔。

1. 醉中绝句二首•其一。2. 残春。3. 暮春。4. 忆昔。

赠　人

滞思难矜笔阵雄，千篇诗费十年功。
寄怀本自俗尘外，忧患如山一笑空。

1. 晨起。2. 舟过小孤有感。3. 初寒在告有感三首•其二。4. 秋夜示儿辈。

湖畔闲行

红草绿荷风味殊，烟波渺渺漾双凫。
了无一事干灵府，随意东西不问途。

1. 夏秋之交小舟早夜往来湖中绝句十二首•其五。2. 舍北独步。3. 岁未尽前数日偶题长句五首•其五。4. 郊行夜归书触目。

题酒仙图

心地安平晓梦长，旷怀真足傲羲皇。
世间妄想何穷尽，万事惟凭酒暂忘。

1. 寺居睡觉二首•其二。2. 睡起已亭午终日凉甚有赋。3. 作梦。4. 春社有感。

爱 闲

徂岁迫人殊可惊，爱闲犹有旧心情。
今朝更有欣然处，共把茶瓯说养生。

1. 连日作阴颇有雨雪意。2. 爱闲。3. 野性。4. 记乙丑十月一日夜梦二首•其一。

痴 顽

早岁元于利欲轻，悠悠长日付棋枰。
尔来自笑痴顽甚，叹息无人会此情。

1. 太息四首•其一。2. 十五日云阴凉尤甚再赋长句。3. 桃源。4. 独立思故山。

闲 适

敢变胸中百炼刚，是非正可付苍苍。
人情静处看方见，更觉茶瓯气味长。

1. 岁暮书怀二首•其二。2. 偶作夜雨诗明日读而自笑别赋一首。3. 蓬户。4. 昼睡。

书房夜坐

流年冉冉不容追，歇尽狂心颇自奇。
掘井及泉那用巧，读书偏爱夜长时。

1. 初秋书感。2. 书室独处欣然有咏。3. 仰首座求钝庵诗。4. 冬夜。

自　叹

驹隙频经日月驰，贪嗔虽断尚余痴。
午窗弄笔临唐帖，不待人嘲应自知。

1. 焚黄。2. 和范待制秋日书怀二首•其二。3. 冬日。4. 午饭二首•其二。

杂　兴

人生何处不随缘，造物乘除理固然。
扫尽世间闲忿欲，心无愧怍始知天。

1. 送芮国器司业二首•其一。2. 杂兴二首•其一。3. 病中遣怀六首•其四。4. 一编。

中秋对月

只向秋风感慨多，青天脉脉映明河。
闲思旧事惟求醉，清夜何人与晤歌。

1. 题四仙像四首•其二。2. 秋夜独坐闻里中鼓吹声。3. 幽居初夏四首•其二。4. 秋兴三首•其二。

休日见窗外燕子翩然翻飞喜而有作

绕坐新书正作堆，好风时卷市声来。
欢然更有关心处，柳色初深燕子回。

1. 杂兴二首•其一。2. 闲意。3. 野堂四首•其四。4. 花下小酌二首•其一。

观电视连续剧《琅琊榜》怅然怀想因集陆放翁句遣兴得七绝五首

一

巉巉骨相本来清，早岁君王记姓名。
湖海凄凉身跌宕，黄尘赤日欲忘生。

1. 冬晚山房书事二首•其一。2. 醉中感怀。3. 书意。4. 喜雨。

二

城南结骑尽豪英，夜半潮平意未平。
身世正如萍在水，一襟清泪对谁倾。

1. 马上作。2. 塔子矶。3. 秋雨不止排闷。4. 风雨。

三

古戍旌旗秋惨淡，千年王霸等棋枰。
天人迭胜谁能测，谁起英魂与细评。

1. 醉中感怀。2. 读史。3. 夜窗。4. 书感。

四

有泪如江未敢倾，照人眉宇尚峥嵘。
眼前但恨亲朋少，回首儿时似隔生。

1. 夜步庭下有感。2. 过广安吊张才叔谏议。3. 雪晴。4. 春思。

五

久向人间隐姓名，夜阑抚几叹平生。
十年尘土青衫色，手掣鲸鱼意未平。

1. 梦中作。2. 寄五郎兼示十五郎。3. 晚晴闻角有感。4. 睡起。

春　色

乱山徐吐日，天水相澄鲜。
要识春风处，野花红欲燃。

1. 邻水延福寺早行。2. 广都江上作。3. 早春四首•其四。4. 题跨湖桥下酒家。

登　山

寺古残香冷，天寒山色奇。
青云迷故步，莫遣此心移。

1. 偶出至近村。 2. 登紫翠楼。 3. 秋日次前辈新年韵五首•其一。 4. 送王嘉叟编修出佐南昌。

自　儆

胸中何所有，身外尽浮名。
力学能除翳，初心敢自轻？

1. 秋日遣怀八首•其二。 2. 七月十七夜五更起坐至旦。 3. 铭座。 4. 秋夕。

寓　叹

心安闲梦少，万事有乘除。
俯仰无多愧，明灯夜读书。

1. 省事。2. 寓叹三首•其二。3. 纵笔二首•其一。4. 坚顽。

自题山水

好景入新夏，日长闲有余。
湖滩初集鹭，清绝更谁如？

1. 初夏夜赋。2. 日用四首•其二。3. 初夏。4. 山家五首•其五。

养　气

养气戒多语，爱闲真复奇。
流年随手过，文字略存诗。

1. 书日用事二首•其二。2. 用短。3. 东篱杂题五首•其一。4. 冬至后一日书。

秋晚杂兴

懒惰无新句，浮文亦扫除。
清秋又如许，手倦怕催书。

1. 十月十九日大风作寒闭户竟日。2. 书房杂咏二首•其一。3. 湖塘晚眺二首•其一。4. 夏中杂兴六首•其一。

湖上居

偶来湖上居，夜读世藏书。
江月微云外，一窗宽有余。

1. 即事。2. 纵笔二首•其一。3. 抚州上元。4. 南窗。

偶　成

去日捷飞腾，淡如秋水澄。
人生随所遇，气定觉神凝。

1. 夜意。2. 夙兴。3. 复窃祠禄示儿子。4. 夜意三首•其二。

丁酉初岁久咳两月方愈集此以记

体轻知病去，外物信悠哉。
意气临书健，逢春心尚孩。

1. 作雨不成终夜极凉时去立秋五日也。 2. 晚步舍北归。 3. 暮秋。 4. 小雨。

铭　座

学自不欺始，三年亦有成。
金丹不须问，妙处在躬行。

1. 自儆二首•其一。 2. 自规。 3. 邠风。 4. 铭座。

湖　山

湖山此地偏，野旷鹤盘天。
泽国多逢雨，烟迷柳一川。

1. 世事。2. 秋阴至近村。3. 早行。4. 小舟游西泾度西冈而归。

报刊每将余名之钢误为刚感而作此

名字元虚幻，胸中颇浩然。
平生会心处，自许醉知天。

1. 遣兴。2. 致仕后述怀六首•其三。3. 诗酒。4. 思蜀四首•其二。

园中作

长夏忽云过，清秋摇落天。
幽禽窥户语，得句一欣然。

1. 六月晦日作。2. 雨后凉甚。3. 客去。4. 初夏。

休日晨起

今朝风日美，一雨喜凉新。
欲去浮华累，始知闲客真。

1. 贫叹。2. 醉书。3. 观身。4. 车中作。

遣 怀

世事本难全，存心不愧天。
胸中元浩浩，随处一欣然。

1. 世事。2. 贫居即事六首•其六。3. 排闷。4. 栈路书事。

秋夜感怀

金石志方坚，心非欲界天。
岁时元自好，底处不陶然。

1. 五月七日夜梦中作二首•其一。2. 闲咏二首•其一。3. 残腊二首•其二。4. 夜酌。

书 魔

承学虽云浅，开书眼渐明。
遇魔增道力，天阔月徐行。

1. 秋夕。2. 遣怀四首•其四。3. 消摇。4. 月下小酌。

自 愧

阅世花开落，劳生一笑空。
流年容易过，但愧读书功。

1. 夜酌。2. 贫乐。3. 五鼓不得眠起酌一杯复就枕。4. 炭尽地炉危坐至夜分戏作。

春　兴

坐回万物春，暖律初催柳。
风味绝清真，无愁疏把酒。

1. 梅花绝句十首•其八。2. 岁晚书怀。3. 戏赠酒榼。4. 纵笔四首•其三。

学　古

学古心犹壮，躬行更不疑。
年华入诗卷，用短定非痴。

1. 寓叹三首•其三。2. 自儆二首•其二。3. 平水。4. 用短。

杂　感

开卷浑如梦，年华寂寞中。
龙蛇入我腕，独立古人风。

1. 纵笔四首•其一。2. 初寒晨起。3. 暇日弄笔戏书三首•其二。4. 蜀汉。

无　愧

世外乾坤大，胸中浩气全。
浮生过五十，不必愧华颠。

1. 书房杂书二首•其一。2. 有叟。3. 丁酉除夕。4. 题跨湖桥下酒家。

踌 躇

诗章亦间作，望古空踌躇。
学问无新得，虚名画饼如。

1. 箕卜。2. 秋日遣怀八首•其三。3. 夏夜。4. 龟堂。

觅 句

觅句吟哦惯，闲愁一点无。
夕阳红满野，轩豁见平湖。

1. 夙兴出谒。2. 开炉。3. 作竹篱成因把酒其间戏题四十字。4. 湖山九首•其四。

一气读下　快何如之

——跋《适可居集陆二百绝》

集句成诗，元代陈绎曾以为起自西晋傅咸《七经》诗，明代杨升庵亦援其说。实则傅咸虽有重要开创意义，却仅具雏形，至宋代王安石始臻成熟。两宋三百年间集句蔚然成风，除王安石外，重要作者尚有黄庭坚、李纲、杨万里、文天祥、释绍嵩等，可谓阵容庞大高手如云。集句看似文字游戏，实为高端创作，非有渊博学养与卓绝诗才者断不能为之。古人诗作浩如烟海，要从不同诗篇中寻觅出相关诗句合为一篇浑然一体，谈何容易。熟读大量经典是集句第一前提，学养欠缺者宜望而却步，慎勿率尔操觚贻人笑柄。其次须有娴熟雅驯之诗才，如无诗才则不知驾驭组合，纵然腹藏万卷也是枉然。渝州适可居主人漆钢先生精于书道，播盛名于域中，学养与诗才亦兼而有之，偶为集句即成佳作。观其集陆二百绝，不禁拍案叫绝掩卷称奇。其浑成处了无痕迹仿佛原创，转合处天衣无缝俨然己出。一气读下，快何如之。

试看《老君洞》："雨多山路蕨芽肥，危磴盘纡上翠微。城市氛埃那许到，老君洞外小朱扉。"倘不注明集自陆游，简直就是为重庆老君洞而写。全诗状老君洞沿途风光，无不毕肖，颇疑是陆游千年前预作。又如《雨中登金佛山》："路入千峰百嶂中，无穷烟海接空蒙。忽然四散不知处，狼藉残花满地红。"写金佛山美景之空蒙迷幻移步换形巧妙之极，起承转合毫无滞碍，倘陆游亲临亦未必得此佳篇。再如《泸沽湖避暑》："人间有此白云乡，占尽炎天一味凉。湖上榜舟归薄暮，旷怀真与世相忘。"写泸沽湖，写避暑，如描如摩，历历在目，超然出世，令人神往。放翁当年岂知有泸沽湖，经过精心组合，则俨然泸沽湖在焉。是所以集句看似文字游戏，实为高端创作也。此创作较之原创，难度更大而趣味更浓，故能为此道者多乎哉，不多也。

漆钢之集陆不限于前述山川风物之类，其题画赠答、遣兴书怀、醉吟杂感，皆得心应手运用自如，宛如信手拈来。其《自娱》曰：“著句难工但自娱，草书大叫写成图。笔端直觉无秦汉，付与乾坤造化炉。”完全是一幅书家自画像。又如《书喜》：“半世学骚终不近，此身犹堕乱书围。尔来幸有宽怀处，醉草今年颇入微。”与前诗可做姊妹篇看。甚至连因报刊多次将漆钢误为漆钢一事，也能随意集陆成诗：“名字元虚幻，胸中颇浩然。平生会心处，自许醉知天。”难矣哉，难矣哉。

余与漆钢交厚，得先读之快，技痒难耐，亦试集陆二首以作嘤鸣之应。

落笔纵横岂易酬，功名常忌有心求。
远途始悟乾坤大，老境聊寻汗漫游。
横槊赋诗非复昔，侵天围棘不遮愁。
书生事业无多许，淡墨写成千嶂秋。

篇章璀璨尚风流，裘马平生喜远游。
山店煎茶留小语，檐边桐叶冷生秋。
也知绝境终难赋，追想清言未免愁。
已用浮云看富贵，醉眠万事付悠悠。

忠州云气轩主人陈仁德 丁酉中秋

历代书法名家咏论

《历代书法名家咏论》序

凌泽欣

己亥（2019年）早春二月，风和日丽，小院里繁花似锦，林丛中雀鸟穿梭，人的心情异常愉快。从植树节的午梦醒来，在茶饮中漫不经心地检阅微信，喜见漆钢来信告知，有新著《历代书法名家咏论》即将出版，希望我能谈一些意见作为序。初阅其稿，即打破了我内心的沉静。重览，即生发了我非发议论不可的冲动。一位省级书法家协会主席，用一百首七言绝句来书写一百个书法家知其然和所以然的本根。从秦朝书以小篆《仓颉篇》并用其统一了中华文字的李斯，到被国学大师、诗人吴宓称为“诗词、书法、篆刻三绝之雅士”的当代书家许伯建，缀玉联珠，蔚然大观，真堪点赞，亦堪收藏。遂反复拜读，终于在“五四”前夕理清了我对《历代书法名家咏论》的一些感言。

中华书法、中华诗词都是优秀的中华传统文化。但是，中华诗词自五四新文化运动以来，就一直被诗词刊物边沿化，近体格律学更是讳莫如深，直到改革开放之后很多年，方才逐渐呈现出复兴的气象来，其断代时日几近百年。而中华书法却从未有过中止，中小学一直开设有“描红”“写蒙格”等书法课程。甚至在“文革”期间，书法亦未成绝响而受到人们的青睐。

近年来，随着党中央、国务院对中华传统文化的高度重视，中华书法和书法家的地位得到进一步提高，国人对书法的学习热忱不断高涨，崇尚书法之人越来越多。然而，书法的文学内涵，尤其是书法与诗词相得益彰的关系却为不少书法爱好者所忽略。纵观当今书坛，诗书兼备的书家不多。许多书法爱好者，只见其书，不见其文，更不见其诗。这一问题已经引起书法界有识之士的高度重视。提倡诗书一体化，追求我书我诗，势如春风化雨、春雨润物，悄然萌生于书界。我前年在北京官厅水库《诗刊》

培训基地交流学习，听取了国务院参事室巡视员、原中国国学研究与交流中心筹建办主任陈廷佑所作的“诗词与书法的关系”讲座，他向我们传递了当今书法界已经非常看重诗词的学习这一信息。漆钢所著的《历代书法名家咏论》，可谓是正当其时的力作。

众所周知，齐白石是著名的国画大师和书法家及篆刻巨匠，是中国首任美协主席。但是，齐白石的诗人身份却鲜为人知，这里不做赘述，有他的《借山吟馆诗草》为证。在齐白石的传述中，他自认其诗为第一，书法第二，绘画第三，篆刻第四。我家乡合川的国画家周北溪，也是诗、书、画、篆四艺兼备。他和齐白石一样，称其诗为第一，书法第二，绘画第三，篆刻第四。其实，齐白石最有价值的艺术成就还是画，周北溪也应是画为第一。但是，他们为何都将其诗列为自己艺术成就的第一位呢？这就说明了中华诗词在书画家心目中的位置。作为传统国学的诗书画，诗乃其姓，书画是其名字，若没有姓，何来其名？

再举“当代草圣”林散之为例，他的书法艺术地位很高。20世纪70年代初，启功看到林散之的书法作品后，脱帽鞠躬有三。并以诗赞曰：“吴生画笔杜陵诗，纸上依稀两见之。”赵朴初说：“林老书法，举世无双！”郭沫若到南京，有人请他题字，郭说：“有林散之在南京，我岂敢在南京写字？”《人民中国》画报1973年第一期刊登了林散之书法“东方欲晓”之后，在海内外书界引起强烈反响。以日本著名书法家青山杉雨为团长的全日本书道访华团到了南京，青山杉雨见到林散之的作品以后，当场行鞠躬之礼，并书“草圣遗法在此翁”。值得玩味的是，林散之也自我界定为“诗第一，画第二，书第三”，并亲手为自己预题了“诗人林散之之墓”的墓碑铭文。诚然，林散之自小就以习诗为好，平生读诗，无一日怠，有《江上诗存》三十六卷，存诗二千多首传世。他曾说过：“高二适有‘光写字不读书是书匠’之言，我认为光写字不读书连字匠也够不上。”但是，不管怎样说，林散之的书法第一是毋庸置疑的。

漆钢于2017年加入重庆市诗词学会，其实在这之前，他已经是中华诗词学会和中国楹联学会的会员了，可见他对诗词学习与交流的看重。他的集陆游诗句《适可居集陆二百绝》问世，在诗书两界影响甚大，赞声很高。他的书法在书界中已颇有知名度，他担任中书协理事与中书协行书委员会副主任，也多次担任全国性书法展评委，有《中国当代中青年书画家精品集•漆钢》和《若行若舞——当代中国行书名家作品集•漆钢》等出版。依我来看，他的诗词创作水平应排位当今巴渝诗家前列。他敬诗、学诗、倡诗、写诗，诗书一体化的积极性和艺术水平给了我深刻印象。《历代书法名家咏论》的问世，更加展示了他诗书并重的理念。

追攀前贤，史海钩沉，漆钢以其独到的慧眼通过对历代书家的名号、地位、职位、喜恶、擅长、著述、人品、才干、行迹、身世、故事、轶闻、生平等的述介以及对其书法特点、内涵、真谛、法度的备述和考究，将中国书法各体的由来、形成、演变、宗脉、传承写得清清楚楚、明明白白。例如，我们从《李斯》中“剩有殊勋谁与比，度衡车轨篆文同”可了解到李斯不仅对车同轨和度量衡标准的统一有所贡献，而且以篆字为标准，首统中国汉字也功莫大焉。“石经刻勒证鸿光，隶楷于焉架舆梁”则记述了蔡邕在从隶书到楷书过渡中所发挥的作用。对颜体以“篆籀入书垂别范”论之，对柳体以“柳骨森严丰润融”咏之，对狂草大家怀素的书法则以“我即书来书即我，虬龙腾跃示真如”咏论，生动确切，形象鲜明。《历代书法名家咏论》对历代著名书法大家及其书法宗师有咏有论，精彩绝伦，对丰富书法爱好者的学养具有较强的指导性。我们说它是一册中国书法简史、中国书法家简史，亦不为过。

值得汴意的是，《历代书法名家咏论》所咏一百个书法家之中竟无一人无诗文传世。且除李斯等少数几人外，其余书家俱有诗见籍，都是诗书兼长的名家，有的还是中国乃至世界闻名的中华大诗人。诸如：谢安、贺知章、杜牧、苏轼、欧阳修、黄庭坚、陆游、郑板桥等。其实，大家熟知的大诗人李白、白居易等人俱有精品书法手迹传世，如李白的《上阳台帖》，白居易的《白氏文集古抄残卷》。 杜甫也曾在《壮游》中自我介绍：“九龄书大字，有作成一囊。”杜甫还是以诗论书的专家，启功曾说：“以诗论艺，始于少陵六绝句。”杜甫咏张旭诗句云：“锵锵鸣玉动，落落群松直。连山蟠其间，溟涨与笔力”，“张旭三杯草圣传，脱帽露顶王公前，挥毫落纸如云烟”等等。

我们为漆钢的《历代书法名家咏论》问世而高兴；我们为重庆书界有漆钢这样崇尚诗书艺术的组织者而自豪；我们重庆诗词界也应当因为有了漆钢这样的诗人、书法家而感到骄傲。为此，我们有理由相信，重庆诗书界出现爱书法、学书法，敬诗、读诗、学诗、写诗的新高潮已是势之所趋。让我们共同祝愿漆钢的诗书艺术道路越走越好！

谨书拙文聊以充序。

2019年5月3日于合川欣园

历代书法名家咏论（100首）

戊戌（2018年）中秋假日，返江津探望双亲。值秋雨绵绵，眠食外无事，兀坐一室，触绪生吟，遂取古今名书家分咏之以消磨光景。三日之内，计得绝句十首。厥后，于公余乘闲，断续继作，至戊戌腊月初一，足成百数。惟因拙作所咏书家多随意拈出而续之，故又费时十日，特以朝代为先后列序编撰简介于其下，首尾未及四月。考此百绝，率尔成章，鲜如人意，其间立论，虽偶有发前人所未发者，然文词隘陋，诗少余味，愧不能追配前贤。盖涵养培植贫薄，正以读书少之故耳。余平素为世累所撄，于诗实欠著力开悟之功，故知拙作难当大雅，姑存之以为他日一粲也。

戊戌腊月十一渝州三不轩主人元瑀漆钢记

李斯 峄山碑（局部）

李　斯

助秦一统叹才雄，矫诏凶谋烹狗终。
剩有殊勋谁与比，度衡车轨篆文同。

李斯（约前284—前208），字通古，楚国上蔡（今河南上蔡西南）人，秦代著名政治家、文学家。从荀卿学帝王之术，学成入秦。秦始皇二十六年（前221年），天下既定，任廷尉，后任丞相。立郡县之制，废《诗》《书》等百家语，禁私学。斯善书，以小篆为标准统一文字，作《仓颉篇》为范。复参与制定法律，统一车轨、度量衡制度。始皇卒，从赵高谋，矫诏迫始皇长子扶苏自杀，立少子胡亥为二世皇帝。后为赵高所忌，诬为谋逆，于秦二世二年（前208年）被腰斩于咸阳。

张 芝

甘作布衣称有道，临池尽墨久留芳。
功成一笔连绵草，竟使羲之许雁行。

张芝（？一约192），字伯英，生年不详，约卒于汉献帝初平三年（192年），敦煌渊泉（今甘肃瓜州东）人。伯英乃名臣之子，幼而高操，勤学好古，淡于仕进。朝廷以有道征，不就，故时人称“张有道”，实避世洁白之士也。善隶、行，尤善章草。其章草省减点画、波磔而成“今草”。韦诞、索靖、羲之父子、张旭、怀素之草法，均源于伯英。羊欣云：“张芝、皇象、钟繇、索靖，时并号‘书圣’，然张劲骨丰肌，德冠诸贤之首，斯为当矣。”王羲之曾云：“吾书比之钟、张，钟当抗行，或谓过之；张草犹当雁行。张精熟过人，临池学书，池水尽墨。若吾耽之若此，未必谢之。”

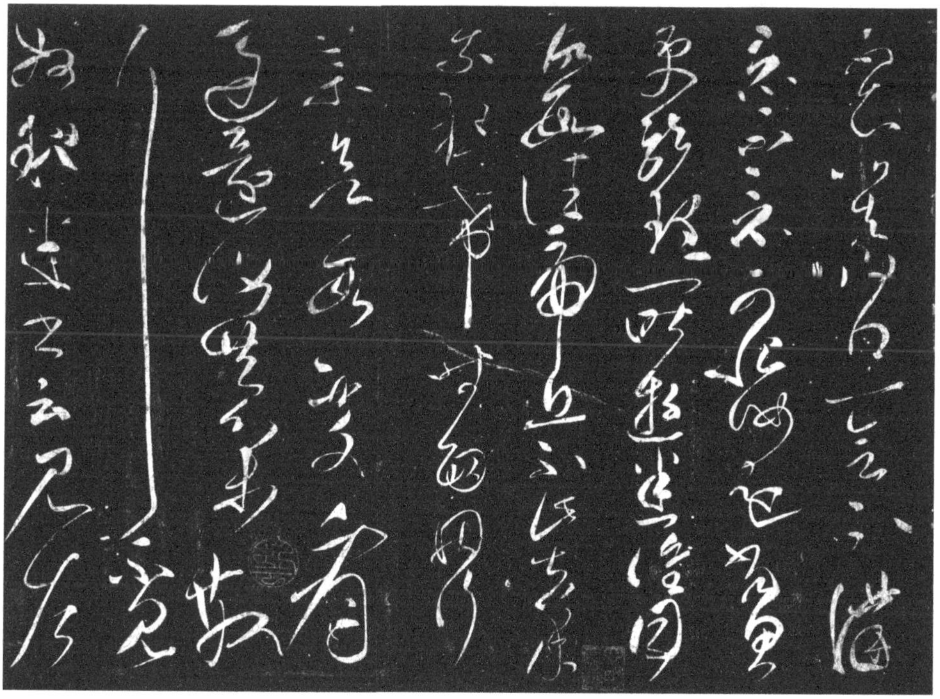

张芝 冠军帖（局部）

蔡邕 熹平石经（局部）

蔡　邕

石经刻勒证鸿光，
隶楷于焉架舆梁。
国手书丹诚不朽，
千秋尽识蔡中郎。

蔡邕（133—192），字伯喈，陈留圉（今河南杞县西南）人。灵帝时召任郎中，校书于东观，迁议郎。董卓专权，被迫为侍御史，官左中郎将，故后人称“蔡中郎”。著有《独断》《蔡中郎集》等。通经史，喜好数术、音律、天文，擅长辞章，精工篆隶，尤以隶书著称。汉灵帝熹平四年（175年），蔡邕等正定儒家经本“六经”文字，以为流传经籍中，由于俗儒穿凿附会，文字多生谬弊，而奏请正定此类经文。诏允，邕亲自书丹于碑，命工镌刻，立于太学门外，碑凡四十六块，史称《熹平石经》。石初立，前往观看及摹写者，车乘日千余辆，填塞街陌。《熹平石经》集汉隶之大成，已孕今楷体势。

钟 繇

曹魏倾身一重臣，留心翰墨坐生春。
书空画被精勤甚，捷表深醇孰与伦。

钟繇（151—230），三国魏书家，字元常，颍川长社（今河南长葛东）人。官至魏太傅。其正楷书独步当时，唐朝张怀瓘《书断》评曰："真书古雅，道合神明，则元常第一。"又云："元常真书绝妙，乃过于师，刚柔备焉。点画之间，多有异趣，可谓幽深无际，古雅有余，秦汉以来一人而已。"钟繇尝自称："吾精思学书三十年，坐与人语，以指就座边数步之地书之；卧则书于寝具，具为之穿。每见万类，皆画象之。"所书《贺捷表》备尽法度，为正书之祖。然其真迹已不传，宋以来所刻《宣示表》《贺捷表》《荐季直表》《力命表》《墓田帖》等，皆晋唐人临本。

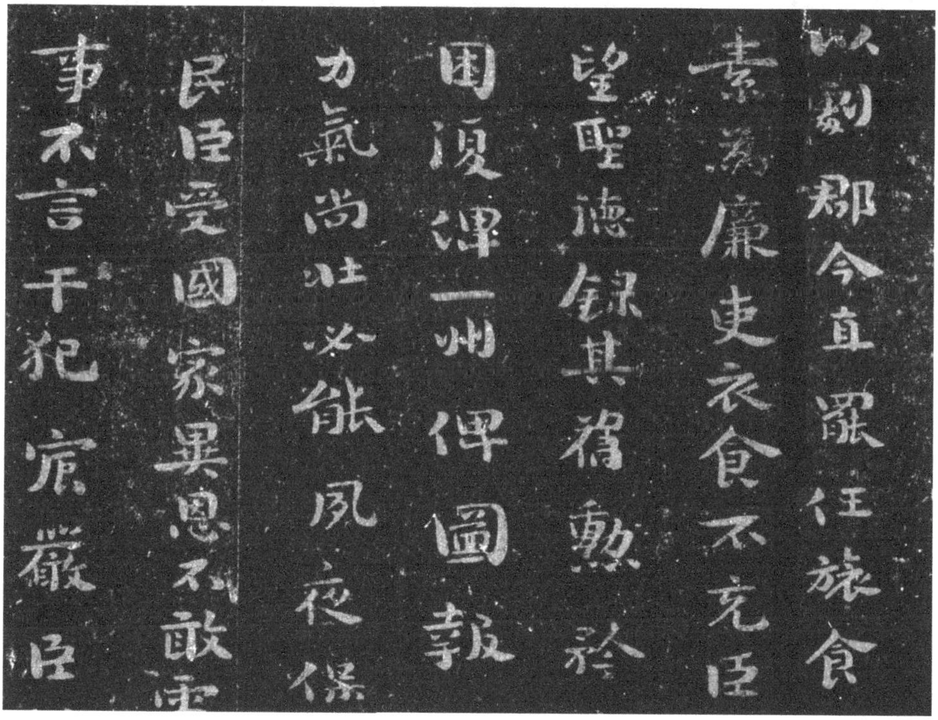

钟繇 荐季直表（局部）

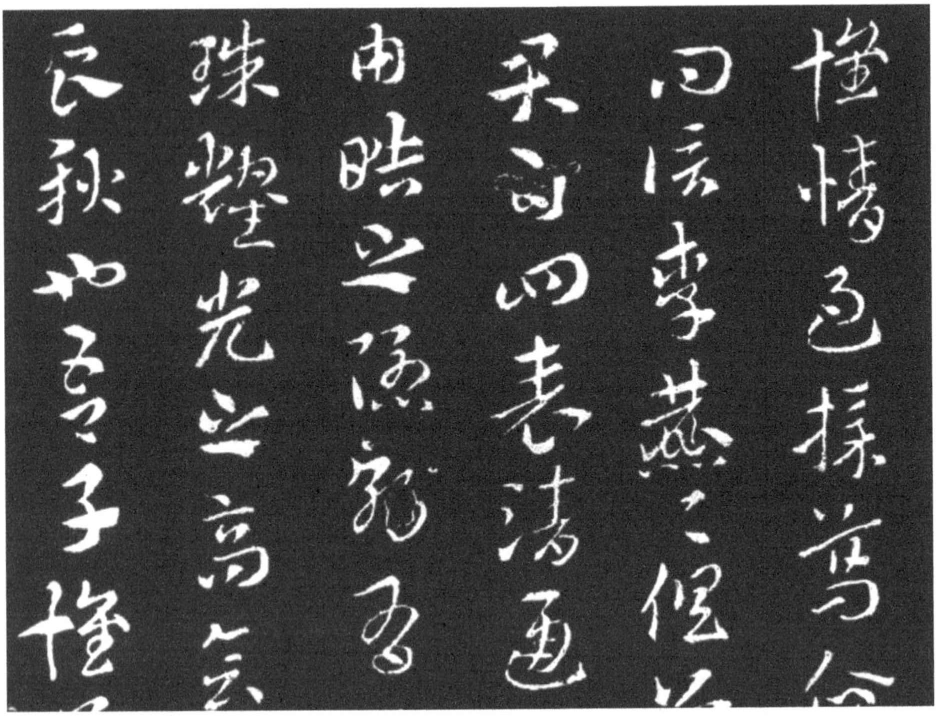

索靖 月仪帖（局部）

索 靖

银钩虿尾吐奇氛，妙有余姿自逸群。
越制锋芒缘放胆，幼安本色是将军。

索靖（239—303），字幼安，敦煌（今属甘肃）人。西晋将领，与乡人泛衷等俱入太学，称“敦煌五龙”。曾官雁门太守、征西将军，赠司空。晋惠帝时封关内侯，以荡寇将军之职平定西羌叛乱。有先识，知天下将乱，指洛阳宫门铜驼，叹曰：“会见汝在荆棘中耳。”赵王司马伦篡位时，以左卫将军讨孙秀有功，加散骑常侍，迁后将军。河间王司马颙进攻洛阳时，索靖率雍、秦、凉义兵大破其军，不意受伤而卒。靖善章草，萧衍《古今书人优劣评》谓其书如“飘风忽举，鸷鸟乍飞”，靖自名其书为“银钩虿尾”。晋武帝时，与卫瓘同在尚书台供职，时人称“瓘得伯英之筋，靖得伯英之肉”。著有《草书状》等。

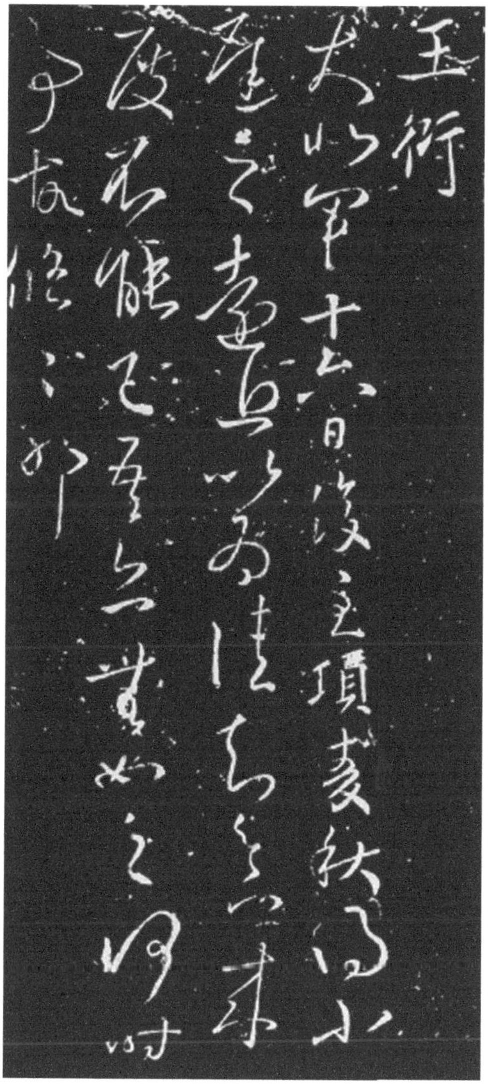

王衍 麦秋帖（局部）

王 衍

一世龙门绝世姿，
麦秋刻帖最堪师。
谈玄终日罹诛谴，
误尽苍生独厝疑！

王衍（256—311），字夷甫，琅邪临沂（今山东临沂北）人。西晋大臣。夷甫神情明秀，妙善玄言，喜谈老庄。总角尝造访山涛，涛嗟叹良久，既去，目而送之曰："何物老妪，生宁馨儿！然误天下苍生者，未必非此人也。"衍年十四，时在京师，造仆射羊祜，申陈事状，辞甚清辩。祜名德贵重，而衍幼年无屈下之色，众咸异之。"八王之乱"中累居显职，官至尚书令、司空、太尉，不以经国为念，而思自全之计。司马越讨苟晞，衍为太傅军司。及越卒，众推为元帅。衍以贼寇锋起，惧不敢当。后，衍为石勒所俘，因欲求自免，劝勒称帝，被勒所杀。后世每引一代枭雄桓温："遂使神州陆沉，百年丘墟，王夷甫诸人不得不任其责！"以证山涛当年预言，然此论实有为帝王者脱罪之嫌也。衍工书，所作行、草尤妙。有《麦秋帖》存世，虽为刻帖，然书风妍丽，姿态横生，酣然痛快见于笔下。

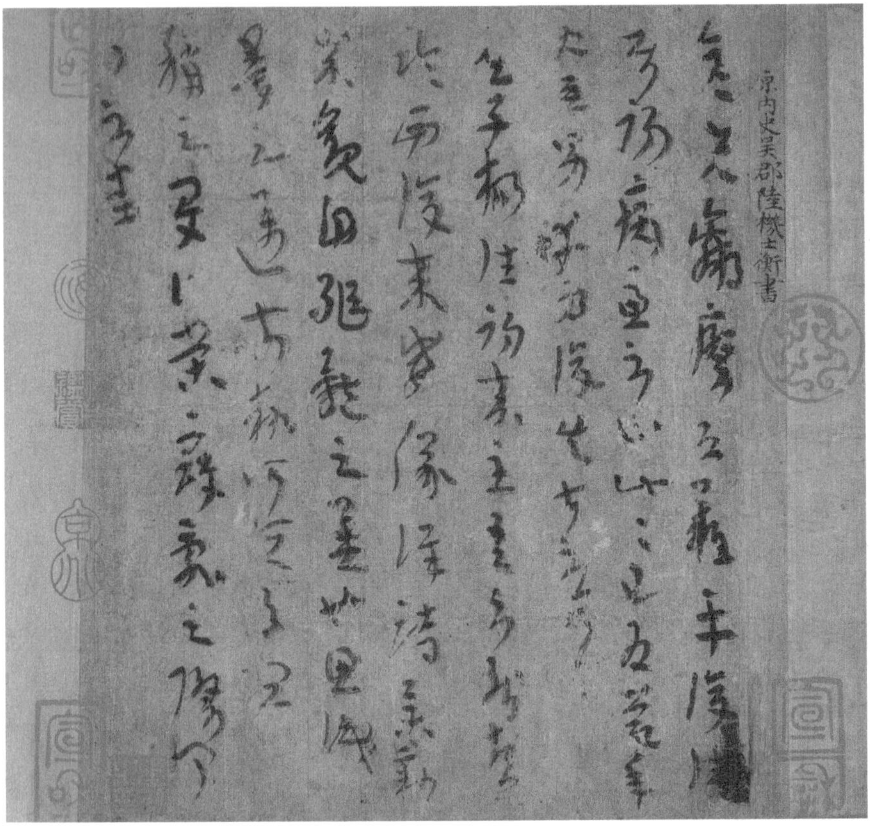

陆机 平复帖

陆 机

词章谐美入渊泉，祖帖千秋谁比肩。
履贵冒危何惜死，弘才积玉负苍天。

陆机（261—303），字士衡，吴郡吴县华亭（今上海松江）人。士衡出身吴郡陆氏，为孙吴丞相陆逊之孙、大司马陆抗第四子，与其弟陆云合称“二陆”。吴亡后出仕西晋，官至平原内史、后将军。后为司马颖所杀。陆机“少有奇才，文章冠世”，诗重藻绘排偶，骈文亦绮练华美。著作颇丰，有《陆士衡文集》等。善书，为文名所掩。今传《平复帖》，浑朴高古，天趣横溢，为传世法书名作中最早之真迹，后世尊为“墨皇”或“祖帖”。

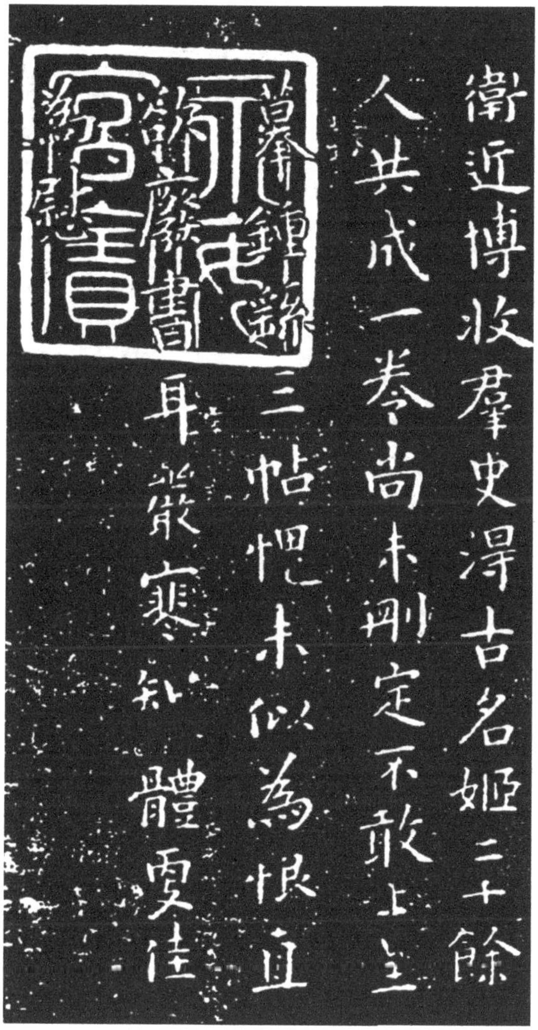

卫铄 古名姬帖

卫 铄

不让须眉古所无，
雅言妙喻定规模。
欲窥书道明其理，
应读华篇笔阵图。

卫铄（272—349），字茂漪，自署和南，河东安邑（今山西夏县西北）人。传为王右军之师。汝阴太守李矩之妻，世称卫夫人。师承钟繇，尤善隶书。家学渊源，有名当世。《书法要录》称其得笔法于钟繇，熔钟、卫之法于一炉。著有《笔阵图》（或疑为王羲之撰，或疑为六朝人伪托。因其流传很广，此姑存旧说）一卷，另有《古名姬帖》《卫氏和南帖》传世。《墨薮》称其书“如插花舞女，低昂芙蓉；又如美女登台，仙娥弄影；又若红莲映水，碧沼浮霞”。

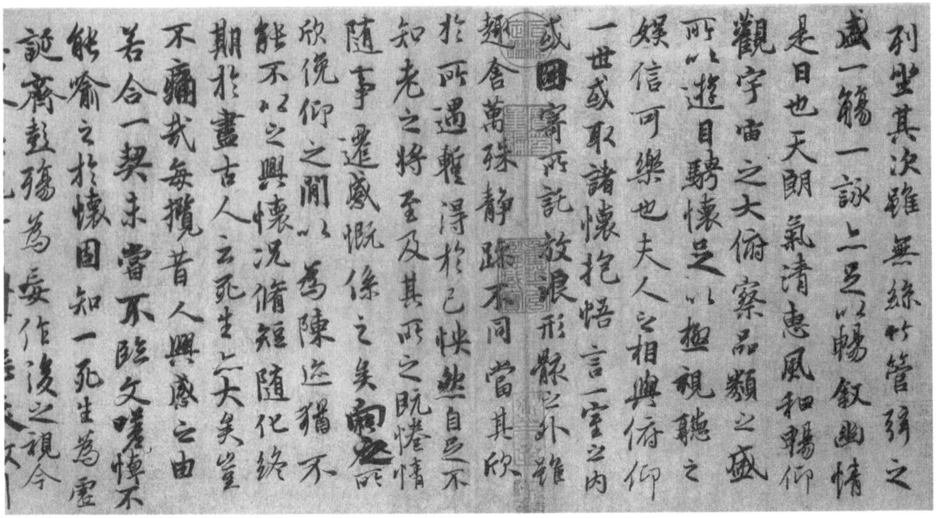

列坐其次雖無絲竹管弦之
盛一觴一詠亦足以暢敘幽情
是日也天朗氣清惠風和暢仰
觀宇宙之大俯察品類之盛
所以遊目騁懷足以極視聽之
娛信可樂也夫人之相與俯仰
一世或取諸懷抱悟言一室之內
或因寄所託放浪形骸之外雖
趣舍萬殊靜躁不同當其欣
於所遇暫得於己快然自足不
知老之將至及其所之既倦情
隨事遷感慨係之矣向之所
欣俛仰之間以為陳迹猶不
能不以之興懷況修短隨化終
期於盡古人云死生亦大矣豈
不痛哉每攬昔人興感之由
若合一契未嘗不臨文嗟悼不
能喻之於懷固知一死生為虛
誕齊彭殤為妄作後之視今

王羲之 兰亭序（局部）

王羲之

换鹅人去邈难追，潇洒风标绝玮奇。
一序临流光史册，从兹斑管树丰规。

王羲之（303—361，一为321—379），字逸少，琅邪临沂（今属山东）人，后迁会稽山阴（今浙江绍兴）。官至右军将军，故世称“王右军”。初学书于卫铄，后壮游四方，多见古人法书，艺乃猛进。羲之真书学钟繇，草书学张芝，复广采众长，冶于一炉，自成家法。梁武帝云：“羲之书字势雄逸，如龙跳天门，虎卧凤阙，故历代宝之。”史载羲之性好鹅，山阴一道士，养鹅十余，王乘舟往看，意大愿乐，乃告求市易，道士不与，百方譬说，不能得之。道士言性好道，久欲写河上公《老子》，缣素早办而无人能书，府君若能自屈书《道德经》各两章，使合群以奉。羲之停半日为写毕，笼鹅而归，大以为乐。晋穆帝永和九年（353年），暮春三月三日，羲之与谢安、孙绰等四十一人，于绍兴兰亭修祓禊之礼，挥毫制序，兴乐而书。羲之所书《兰亭序》成千古绝品，后世誉之为“天下第一行书”。原迹已入昭陵，今存唐人摹本。唐摹行书诸帖尚有《丧乱帖》《孔侍中帖》《奉橘帖》《二谢帖》《远宦帖》等。其书一经面世，历代士人争相效法，影响宏巨。羲之有“书圣”之称，与其子王献之合称“二王”。

谢 安

东山高卧几经春，逸驾飞鸣作炳臣。
天地为书挥翰手，安邦却敌术通神。

谢安（320—385），字安石，陈郡阳夏（今河南太康）人。东晋政治家、名士，太常谢裒第三子、镇西将军谢尚从弟。安少以清谈知名，初屡辞辟命，隐居会稽郡山阴县（今浙江绍兴）之东山，与王羲之、许询等游处十年。后出山历任征西大将军司马、吴兴太守、侍中、吏部尚书、中护军等职。时前秦苻坚强盛，疆埸多虞，诸将败退相继。淝水之战，安遣弟石及兄子玄等应机征讨，所在克捷。拜卫将军、开府仪同三司。安石尤善行书，亦犹卫洗马，风流名士，海内所瞻。王僧虔云："谢安得入能书品录也。"

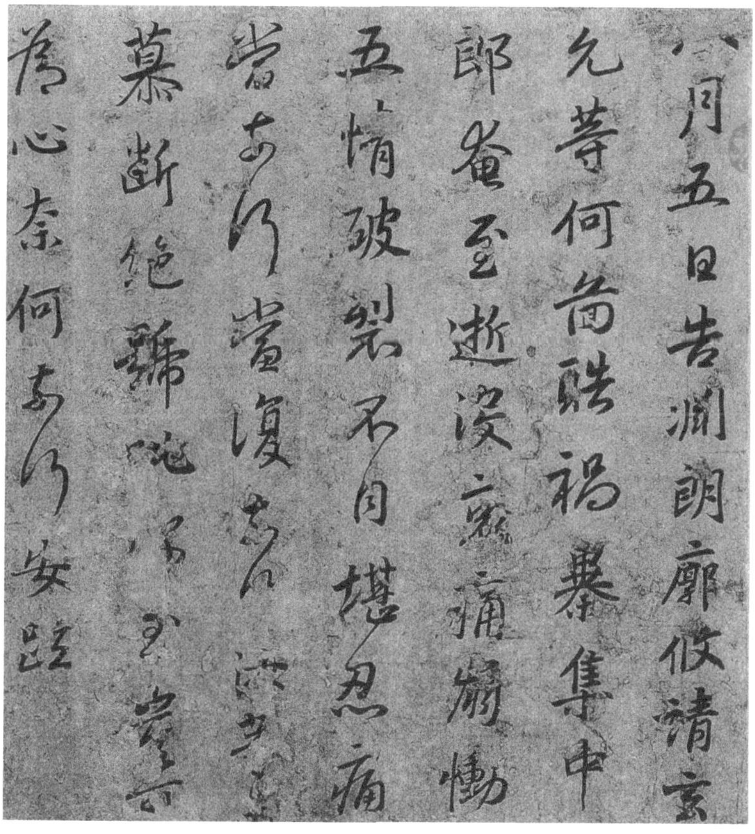

谢安 中郎帖（局部）

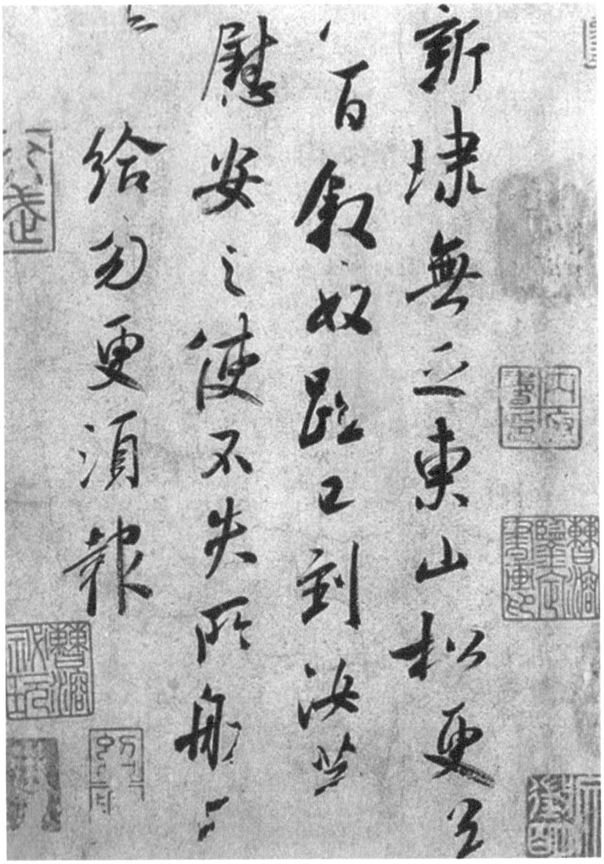

王献之 东山松帖

王献之

源深家范耀天垂，
创体能当百代师。
最是英风神骏气，
献之端不让羲之。

王献之（344—386），字子敬，原籍琅邪临沂（今属山东），出生于会稽山阴（今浙江绍兴）。官至中书令，故世称“王大令”，为羲之第七子。幼学于父，次习张芝，别创新法，自成一格，与父齐名，人称“二王”。其书雄武神纵，灵姿秀出，兼精楷、行、草、隶各体，尤以行草擅名。楷书以《洛神赋十三行》为最，行书以《鸭头丸帖》最著。行、草之间，逸气过其父也。张怀瓘《六体书论》云：“子敬行草之外，更开一门，非草非真，离方遁圆，兼真者谓之真行，带草者谓之行草。子敬之法，非草非行，流便于行草之间。逸少秉真行之要，子敬执行草之权。父之灵和，子之神骏，古今独绝也。”《墨林快事》评其书曰：“笔画劲利，态致萧疏，无一点尘土气，无一分桎梏束缚。”

王 珣

法帖勾摹易失真，琅邪矩范化烟尘。
幸余伯远通消息，东晋风流可问津。

王珣（350—401），字元琳，小字法护，琅邪临沂（今属山东）人。为丞相王导之孙、中领军王洽之子，羲之从侄。官至尚书令。以才学文章受知于晋孝武帝司马曜。所书《伯远帖》为东晋王氏家族存世唯一真迹，为“乾隆三希之一”，被誉为稀世瑰宝。董其昌称其“潇洒古澹，东晋风流，宛然在眼”，“既幸予得见王珣，又幸珣书不尽湮没，得见吾也。长安所逢墨迹，此为尤物”。杨守敬曾云：“《宣和书谱》称其家世学，草圣有传。今不见其草迹，即此真行，已足名家。观其下笔，力变右军父子，而无一笔诡于正，所谓纵任自喜，古雅有余者也。”

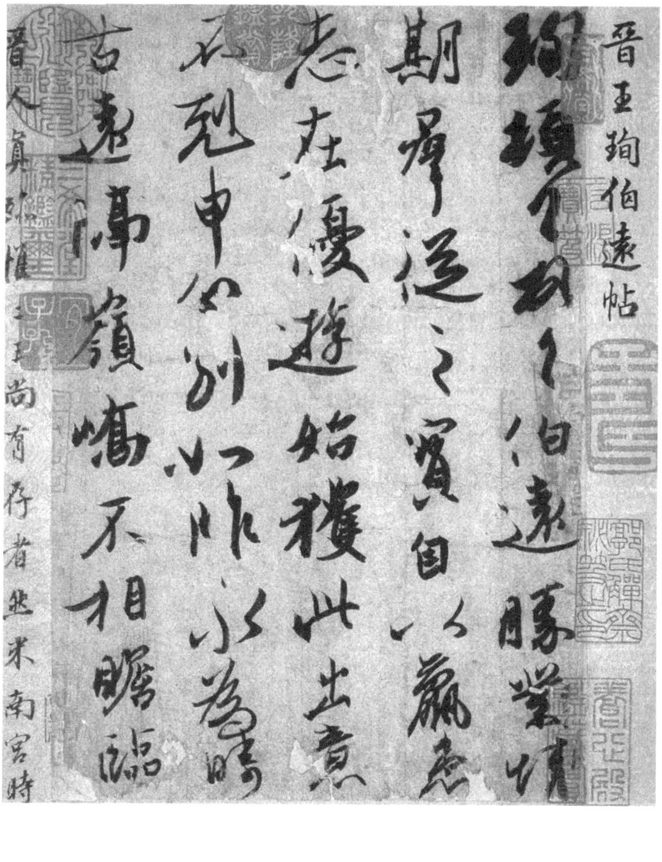

王珣 伯远帖（局部）

王僧虔

家风不坠绍箕裘，
智士名高更好修。
妙对君臣同第一，
辉光掩抑善为谋。

王僧虔（426—485），琅邪临沂（今属山东）人，晋王羲之四世族孙。刘宋时历官太子舍人，武陵、吴兴、会稽太守，湘州刺史，吏部尚书。任会稽太守时，因不愿阿附权臣阮佃夫，被免官。入齐，官至侍中、左光禄大夫、开府仪同三司。好文史，解音律，书承祖法，丰厚淳朴而有骨力。史载齐高帝萧道成善书，及即位，笃好不已。尝与王僧虔赌书毕，问曰："谁为第一？"僧虔对曰："臣书，臣中第一。陛下书，帝中第一。"帝笑曰："卿可谓善自为谋矣。"传世书迹有《太子舍人帖》。著有《书赋》《论书》《笔意赞》等。

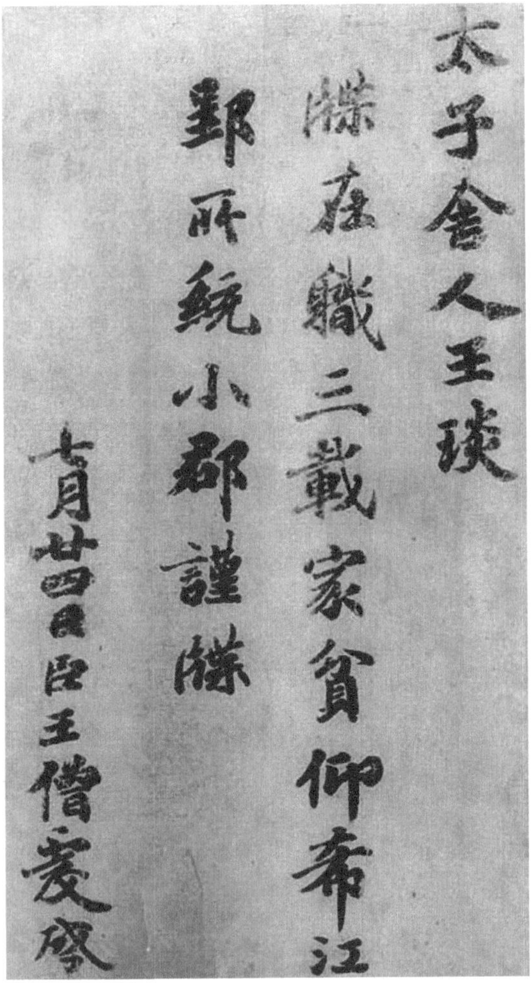

王僧虔　太子舍人帖

郑道昭 郑文公碑

郑道昭

大野书碑壮北朝，
刚锋耀灿入云霄。
风骚南帖千秋领，
冷落中州郑道昭。

郑道昭（约455—516），字僖伯，郑羲次子。荥阳开封（今属河南）人，自称“中岳先生”。据《魏书》载其“少而好学，综览群言”“好为诗赋”。初入中书学，迁秘书郎。随孝文帝征沔北，受宠遇。官国子祭酒，屡表请崇儒敦学。清代中叶于山东掖县（今山东莱州）云峰山发现其题名、题诗石刻，又《郑文公碑》亦出其手，被列为北魏碑刻书法珍品。清叶昌炽评其书曰：“郑道昭云峰山上下碑及《论经诗》诸刻，上承分篆，化北方之乔野，如筚路蓝缕进于文明，其笔力之健，可以剸犀兕，搏龙蛇，而游刃于虚，全以神运，唐初欧、虞、褚、薛诸家，皆在笼罩之内，不独北朝书第一，自有真书以来一人而已。”此虽过誉之论，亦可窥此碑影响之巨。

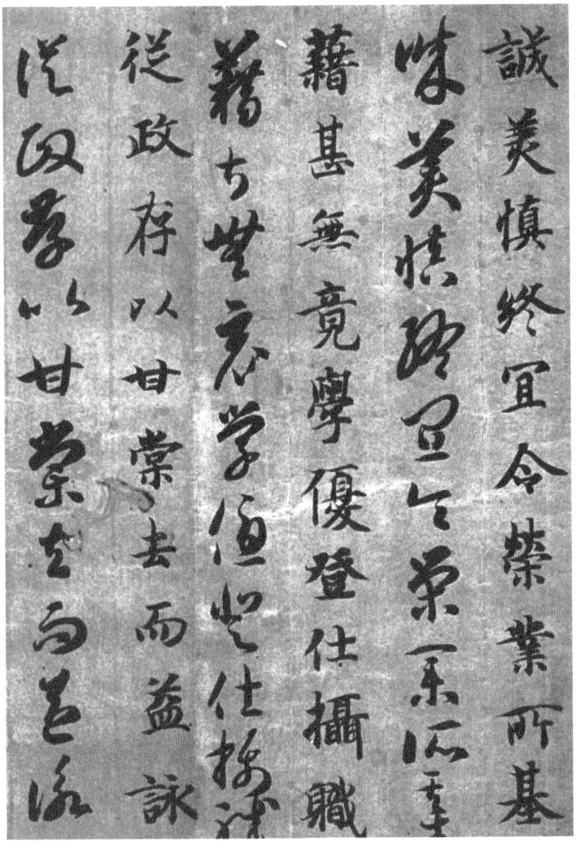

智永 真草千字文

智 永

索字居然铁限穿，千文八百世间传。
初心寤寐师家法，书学中兴赖以延。

智永（生卒年不详），名法极，俗姓王，陈隋间僧人，会稽山阴（今浙江绍兴）人。为王羲之七世孙，王羲之第五子徽之之后。出家永欣寺，人称永禅师。常居永欣寺阁，临池学书。初从萧子云学，后以先祖王羲之为宗。临书三十年，用败之秃笔头积至数大簏，瘗之，号“退笔冢”，自制铭志。求书者众，所居户限为穿，以铁叶裹补，称“铁门限”。智永妙传家法，隋炀帝曾云：“智永得右军肉，智果得右军骨。”曾书《真草千字文》八百余本，浙东诸寺，各施一本，隋唐间工书者鲜不临学。智果、辨才、虞世南均是其高足。智永年百岁乃终。

欧阳询

端严气度阵堂堂，劲骨丰肌字字刚。
若论大唐真楷法，人工极处是欧阳。

欧阳询（557—641），字信本，潭州临湘（今湖南长沙）人。南陈左卫将军欧阳纥之子。少为江总收养，教以书计。仕隋，为太常博士。李渊微时，引为宾客。官至太子率更令、弘文馆学士，封渤海县男。生平事迹见新、旧《唐书》本传，《书史会要》卷五。询博览经史，主编《艺文类聚》，为唐代著名类书，流传至今。其书，初学“二王”，后兼临北朝三公郎中刘珉书，并融合众家之长，以险劲刻厉而成自家风格，世称“欧体”，又称“率更体”。与虞世南、褚遂良、薛稷并称为“唐初四大书家”。书有《九成宫醴泉铭》《皇甫诞碑》《化度寺碑》《仲尼梦奠帖》《行书千字文》等。著有《八诀》《传授诀》《用笔论》《三十六法》。

欧阳询 九成宫醴泉铭（局部）

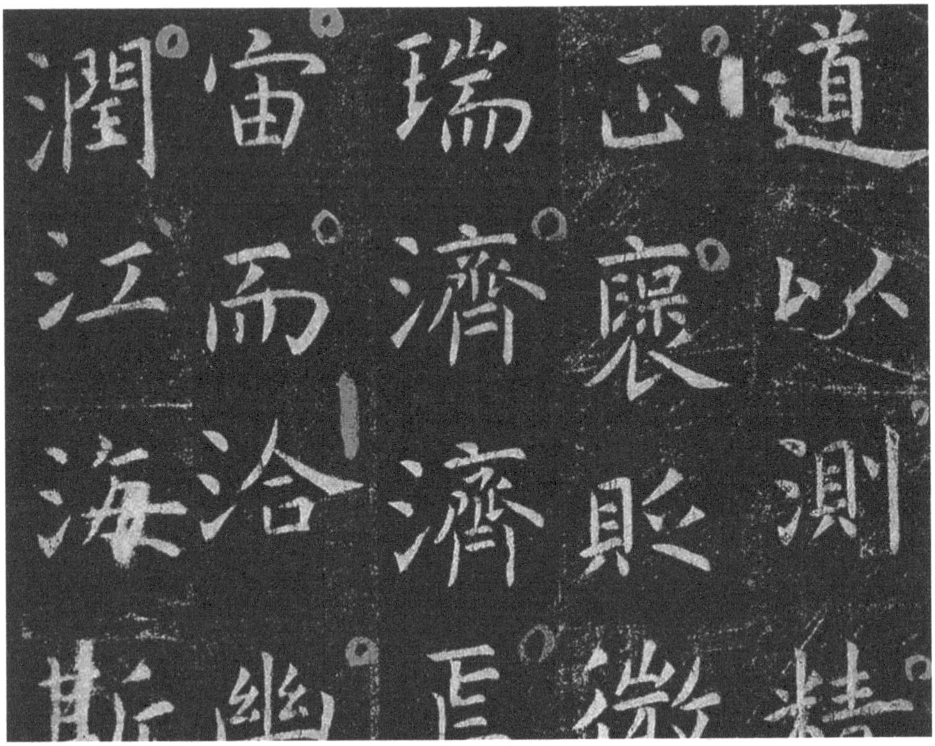

虞世南　孔子庙堂碑（局部）

虞世南

藏器凌烟德范身，犯颜直谏老功臣。
圆融只在霜辉里，秀出姿荣意味真。

虞世南（558—638），字伯施，越州余姚（今属浙江）人。受学顾野王十余年，精思不懈。文章婉缛，得徐陵之意。又从王羲之七世孙僧智永学羲之书法，妙得其体，由是声名籍甚，与欧阳询、褚遂良、薛稷并称为“唐初四大书家”。历仕陈、隋二代。太宗时为弘文馆学士，与房玄龄对掌文翰。迁秘书监，封永兴县子，人称“虞永兴”。为“十八学士”之一。其容貌虽怯懦、弱不胜衣，但性情刚烈，直言敢谏，深得李世民敬重，称其“世南一人，有出世之才，遂兼五绝，一曰忠谠，二曰友悌，三曰博闻，四曰词藻，五曰书翰”。贞观十二年（638年）卒，贞观十七年（643年），绘像凌烟阁。

褚遂良

听履失途真一梦，唯凭筠管擅声隆。
欧虞合体刚柔济，陶铸唐书稀代功。

褚遂良（596—658或659年），字登善，钱塘(今浙江杭州)人，祖籍阳翟（今河南禹州）。太宗时历任起居郎、谏议大夫、中书令，奏章数十上，多被采纳。贞观二十三年（649年），受遗诏辅政。高宗即位，任吏部尚书、左仆射、知政事。封河南郡公，世称“褚河南”。因反对高宗立武则天为后，被贬为潭州都督。武后掌权后，迁桂州都督，再贬爱州（今越南清化）刺史。显庆三年（658年），卒于官，享年六十三岁。另一说为卒于显庆四年（659年）。遂良博涉文史，工楷书，甚得右军意趣。与欧阳询、虞世南、薛稷并称为“唐初四大书家”。传世书法有《孟法师碑》《雁塔圣教序》等。

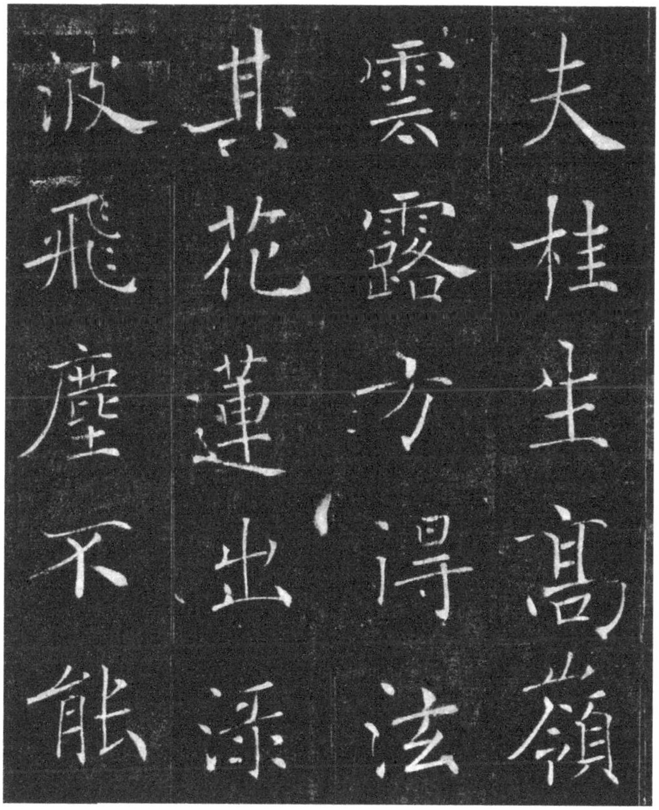

褚遂良 雁塔圣教序（局部）

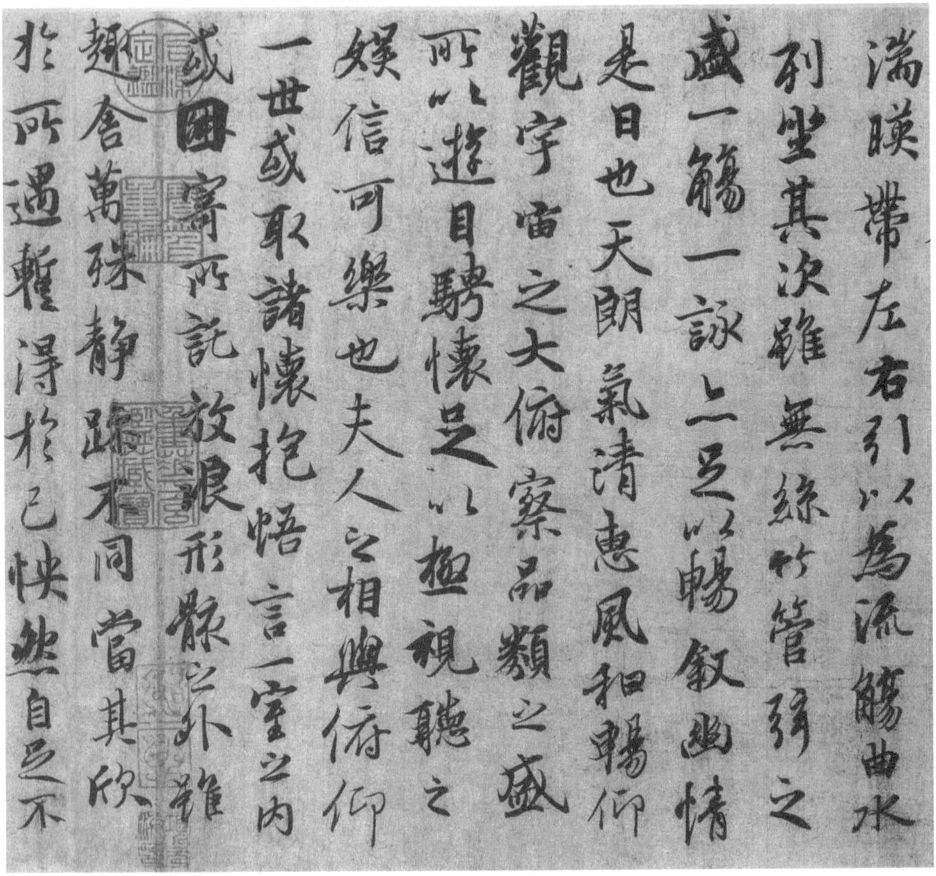

冯承素 兰亭序（局部）

冯承素

弘文馆里有斯人，奉旨钩摹笔入神。
心到手随传晋法，纤微逼肖迈群伦。

冯承素（617—672），字万寿，长安信都（今陕西西安）人。唐太宗贞观年间直弘文馆。贞观十三年（639年），内出王羲之所书《乐毅论》真迹，令其摹写，赐长孙无忌、房玄龄、高士廉、侯君集、魏徵、杨师道六人。又摹王羲之《兰亭序》数本，太宗以赐皇太子诸王。时评其书“笔势精妙，萧散朴拙”。

欧阳通

楷式渊深续绍隆，家传默化北朝风。
微伤含蓄庄严意，险峻鹰扬过乃翁。

欧阳通（625—691），字通师，潭州临湘（今湖南长沙）人。欧阳询之子。早孤，母教以父书。初拜兰台郎，仪凤中累迁中书舍人，封渤海公，天授初（690年）转司礼卿判纳言事，天授二年（691年）为相，因反武承嗣为太子，下狱死。工于楷，书得父法而险峻过之，父子齐名，号“大小欧阳”。传世作品有《道因法师碑》《泉男生墓志》等。

欧阳通 道因法师碑（局部）

敬　客

久掩声名隐世间，王公砖塔管中斑。
可知唐代擅书手，非只虞欧褚薛颜。

敬客（唐高宗时人），出自河东右族，事迹无考。清王澍《虚舟题跋》云：“敬客名不显于时，然其书法特为瘦劲，大类褚公。则知唐世能书者人多，不免为巨公掩耳。”钱泳曰：“然得片纸只字，犹珍藏之不置者，因其秀劲有法，在欧、褚之间，故学者纷纷，遂为名碑，可见古人用笔，一挑一趯，皆有法度可寻也。”其存世书迹《王居士砖塔铭》，楷法精绝，体势俊逸，风神挺秀，既深得褚欧楷书神髓，又能独出机杼，洵属唐楷佳构也。

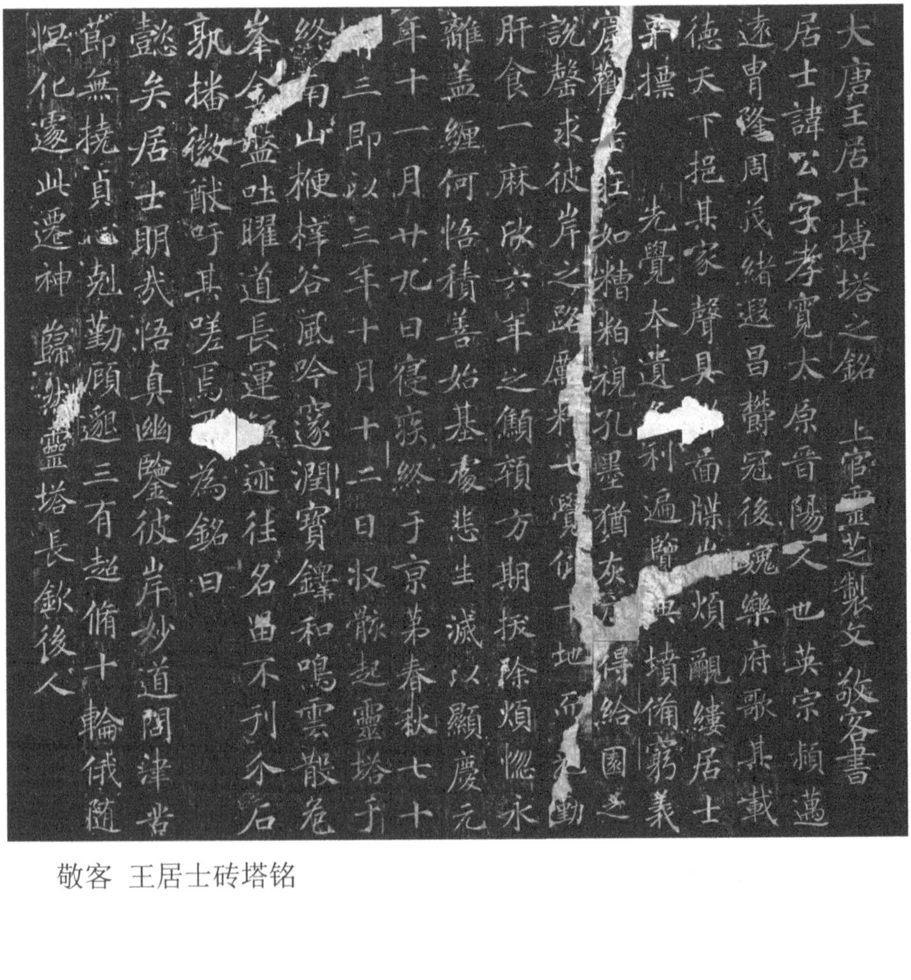

敬客　王居士砖塔铭

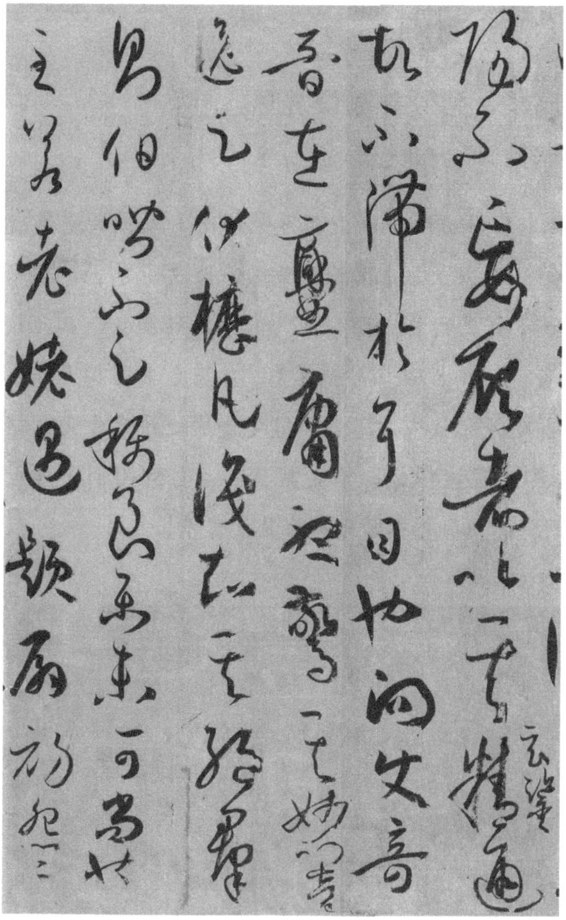

孙过庭 书谱（局部）

孙过庭

智巧书功俱上乘，
王家草法赖传灯。
锦肠五合交臻论，
不是通人定不能。

孙过庭（648—703），字虔礼，一说陈留（治今河南开封）人，一说富阳（今属浙江）人。一般均称富阳人，然其自称吴郡（治今江苏苏州）人。官至率府录事参军。善草书，自宋以来皆推能品。其草书尤妙于用笔，隽拔刚折，尚异好奇，如“丹崖绝壑，笔势坚劲”（韦续《墨薮》）。唐高宗曾谓过庭小字足以迷乱羲、献，其逼真可知。陈子昂《祭率府孙录事文》云：“元常既殁，墨妙不传，君之遗翰，旷代同仙。”有《书谱 》传世，文书俱高妙，为历代公认书学名著。

薛 稷

承传褚法见高华，瘦硬神凝最赏嗟。
当世论书排偶数，得师之半亦名家。

薛稷（649—713），字嗣通，蒲州汾阴（今山西万荣西南）人。薛道衡曾孙，薛收孙，魏徵外甥。进士及第。中宗景龙末为谏议大夫、昭文馆学士。睿宗立，封晋国公，历礼部尚书、太子少保，世称“薛少保”。稷以辞章名，其《秋日还京陕西十里作》为初唐五古名篇。《旧唐书》载其文“如良金美玉，无施不可”。及窦怀贞伏诛，以知其谋，赐死于狱中。工书，笔姿遒丽，法虞世南、褚遂良，锐意临仿，穷年不倦。时称“买褚得薛，不失其节”。与欧阳询、虞世南、褚遂良并称为“唐初四大书家”。《信行禅师碑》为其代表作。

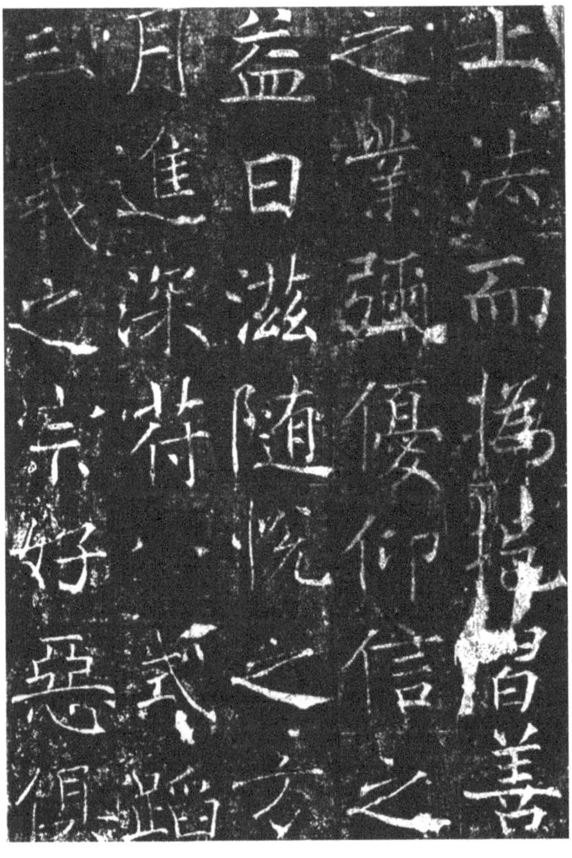

薛稷 信行禅师碑

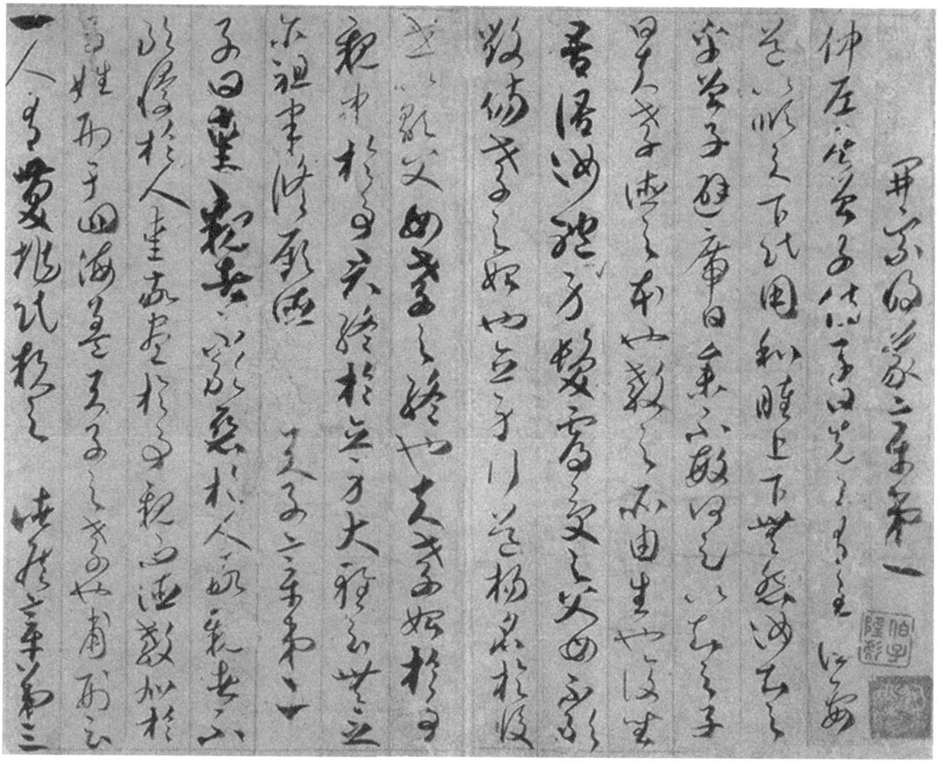

贺知章 孝经

贺知章

纵横自得笔如飞，蠖屈蛇伸见妙微。
狂客胸中堆锦绣，风生泉涌醉忘机。

贺知章（约659—约744），字季真，越州永兴（今浙江杭州萧山）人。少以文词名。武后证圣元年（695年）登进士第。初授四门博士，又迁太常博士。玄宗开元十年（722年），张说奏贺知章及徐坚等入书院，同撰《六典》。开元十三年（725年），迁礼部侍郎，加集贤院学士。后迁太子宾客，授秘书监。为人旷达不羁，不拘礼法。善谈笑，时人誉为“清谈风流”。晚年尤放诞，自号“四明狂客”。与张旭、包融、张若虚合称“吴中四士”。好饮酒，与李白友善。工书法，尤擅草隶。天宝初，因病乃上疏度为道士，返乡不久卒。《全唐诗》存诗一卷，其《咏柳》《回乡偶书（其一）》两首脍炙人口，千古传诵。

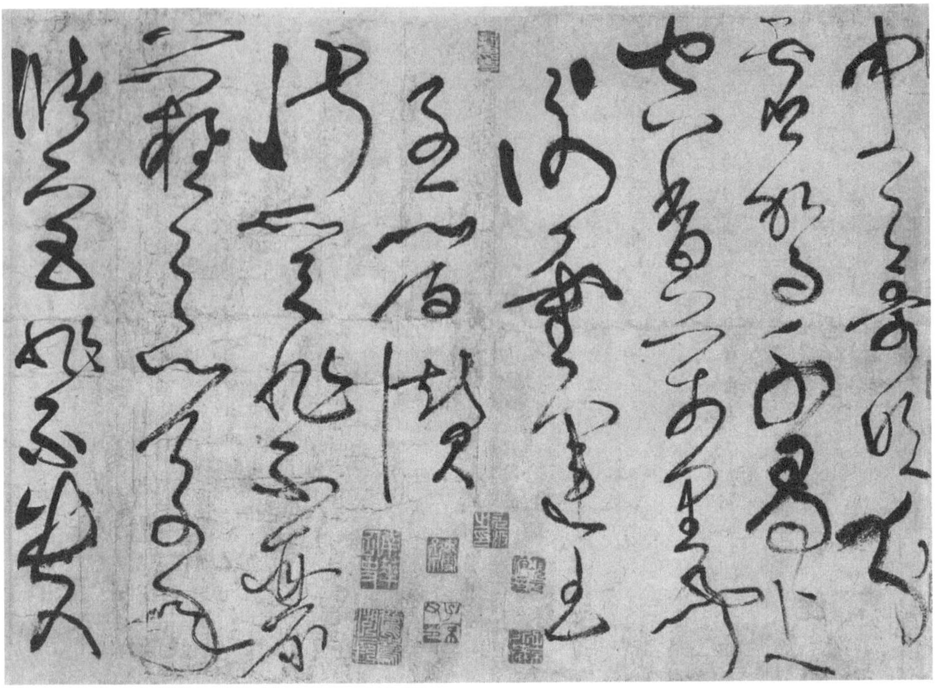

张旭　古诗四帖

张　旭

位列八仙奇气熏，挥毫落纸吐烟云。
藏锋诀奥千钧力，草圣真淳叹不群。

张旭（约675—约750），字伯高，苏州吴县（今江苏苏州）人。官金吾长史，世称“张长史”。精通楷法，以草书知名，世称“草圣”。性嗜酒，与李白等合称“饮中八仙”。常醉后叫呼狂走，而后挥毫落纸，或以头濡墨而书，时称“张颠”。张旭草书与李白诗、裴旻剑舞时称“三绝”。与贺知章、包融、张若虚合称“吴中四士”。颜真卿曾两至洛阳，求教于张旭。怀素继承其草法，人谓“颠张狂素”“以狂继颠”。旭亦能诗，《全唐诗》存诗六首。正书有碑刻《郎官石记》，草书墨迹有《古诗四帖》。

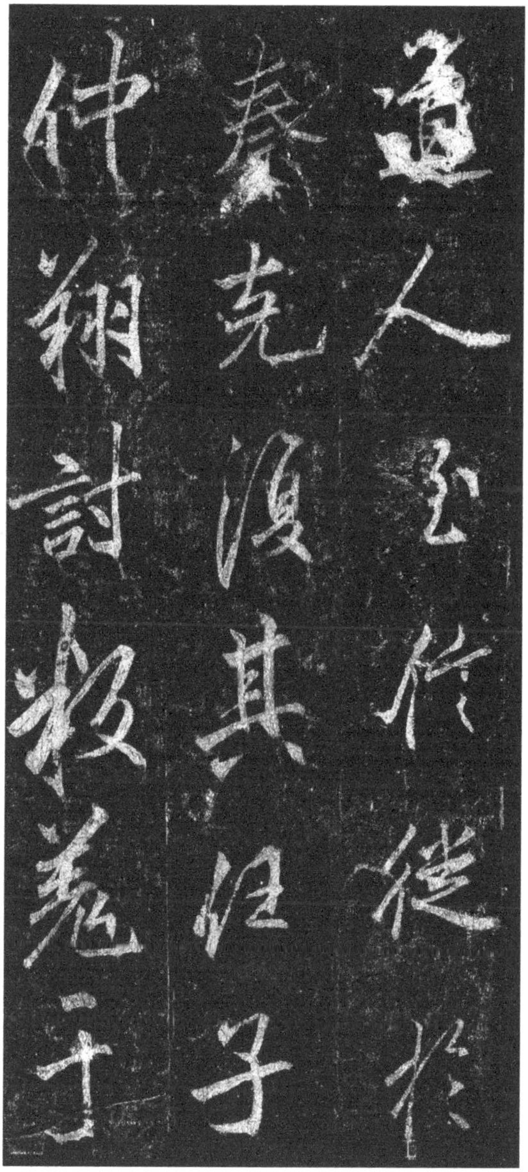
李邕 李思训碑

李 邕

碑版书成世所宗，
英风豪气合雝容。
如龙如象同飞誉，
千古骚坛只李邕。

李邕（678—747），字泰和，扬州江都（今江苏扬州）人，一说江夏（今湖北武昌）人。邕以文名天下，工文，善书，尤长以行楷写碑，《宣和书谱》云："（邕）精于翰墨，行草之名尤著……初学变右军行法，顿挫起伏。既得其妙，复乃摆脱旧习，笔力一新。"传世碑刻有《麓山寺碑》《李思训碑》等。其父注《文选》，邕补益之，附事见义，两书并行。玄宗即位，召为户部郎中，又官汲郡、北海太守，世称"李北海"。性豪侈，不拘细行。天宝时，为李林甫所忌，遭罗织，受杖死。《新唐书•艺文志四》载有文集七十卷，已佚。明人辑有《李北海集》。

徐　浩

雄浑朴茂笔端收，
诏令告身皇命遒。
弊选营私终乏德，
宗风难与鲁公俦。

徐浩（703—782），字季海，越州郯县（治今浙江绍兴）人。玄宗开元五年（717年），明经及第，调鲁山主簿。天宝中，历仕吏部侍郎、司农少卿。安史乱时，从玄宗入蜀，拜中书舍人，累迁尚书右丞、国子祭酒。肃宗立，为中书舍人，四方诏令，多出浩手，又参太上皇诰册，宠绝一时。后为李辅国所谮，贬庐州长史。代宗时，复以中书舍人召，历工部侍郎、会稽县公，出为岭南节度使，入为吏部侍郎，与薛邕分典选。坐事，贬明州别驾。于书，诸体皆备，草隶尤精，尝书四十二幅屏。有墨迹《朱巨川告身》存世。

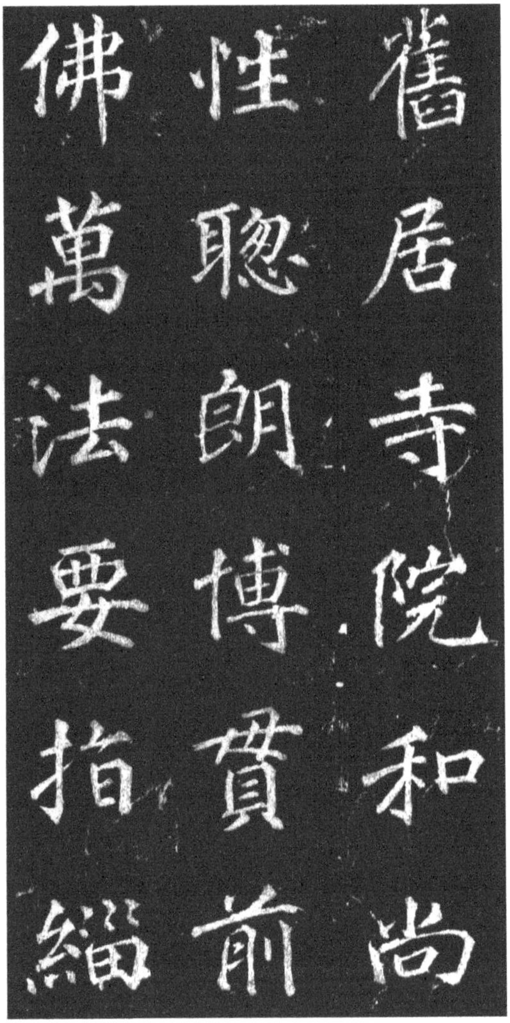

徐浩　不空和尚碑（局部）

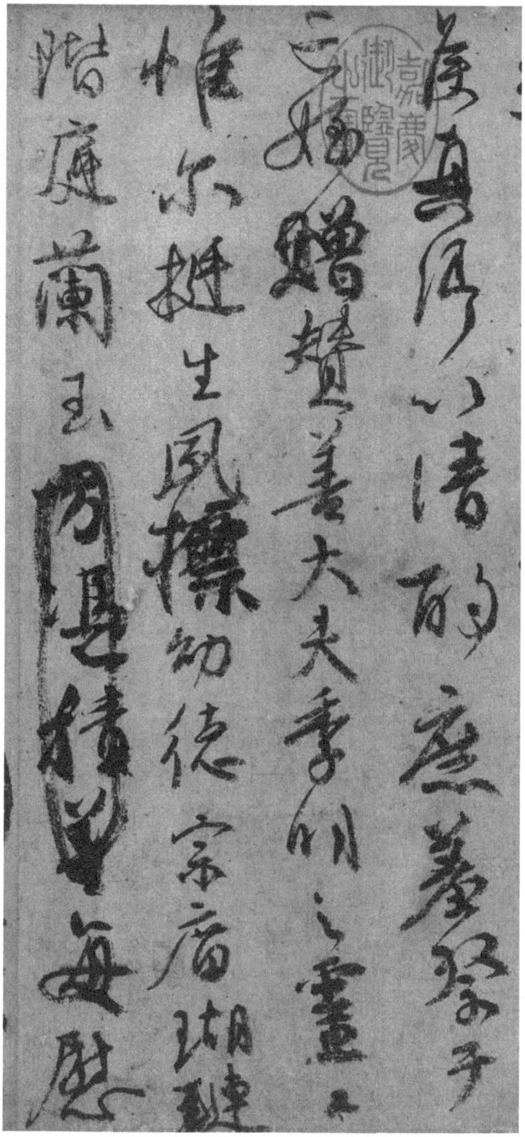

颜真卿 祭侄文稿（局部）

颜真卿

忠肝直节庙廊材，
纳古生新大纛开。
篆籀入书垂别范，
雄深风举欲惊雷。

颜真卿（708—784），字清臣，京兆万年（今陕西西安）人。开元进士，唐代名臣。历任监察御史、殿中侍御史、平原太守。安禄山叛乱，真卿与从兄杲卿共同起兵抵抗，附近十七郡响应，被推为盟主。代宗时因功官至吏部尚书、太子太师，封鲁郡公，故世称“颜鲁公”。兴元元年（784年），被派遣劝谕叛将李希烈，希烈胁之，凛然拒贼，终被缢杀。工文词，尤善书法。楷书雄浑，参以篆笔之圆劲，刚健挺拔，气魄雄伟，人称“颜体”。有《多宝塔碑》《颜勤礼碑》等碑刻存世。其行书墨迹《祭侄文稿》，后世称“天下第二行书”，谓仅次于王羲之《兰亭序》云。宋人辑有《颜鲁公集》。

李阳冰

斯翁制篆示真乘，
屈玉盘金玉箸称。
魏晋隋唐千载后，
鳌头独占李阳冰。

李阳冰（生卒年不详），字少温，赵郡（治今河北赵县）人。李白族叔，为李白作《草堂集序》。肃宗乾元时任缙云县令，有政声，秩满迁为当涂令，后官至国子监丞、集贤院学士。阳冰多才艺，善词章，工篆书，篆法妙天下。初师李斯《峄山碑》，以瘦劲取胜。自诩“斯翁之后，直至小生，曹喜、蔡邕不足言也”。传世刻石有《三坟记》《谦卦铭》等。

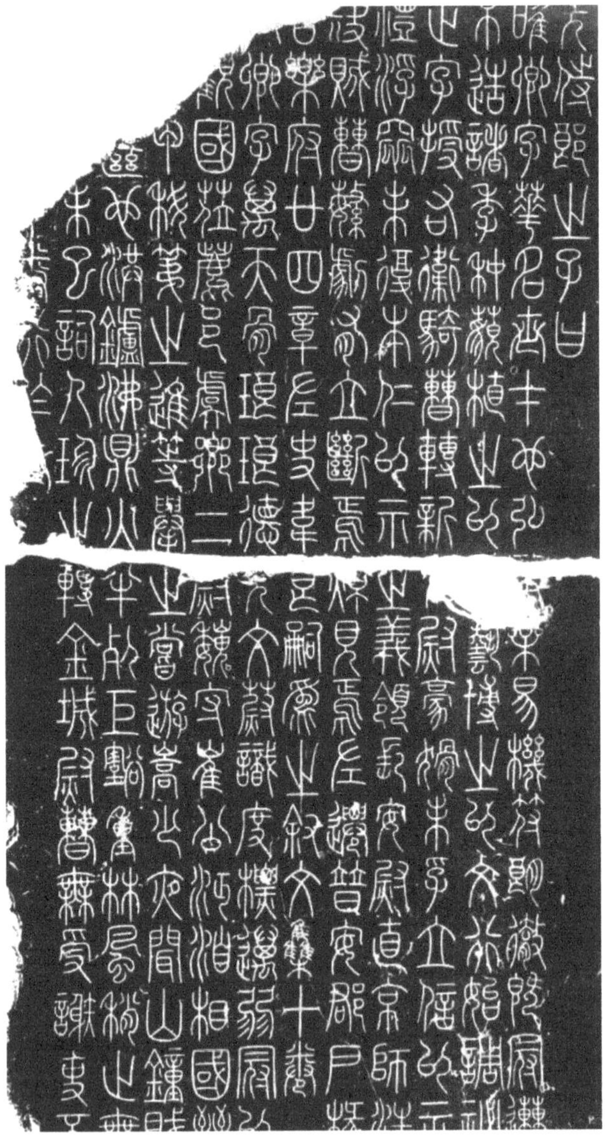

李阳冰　三坟记（局部）

怀 素

绿天庵里醉僧居，醉后驱毫刃有余。
我即书来书即我，虬龙腾跃示真如。

怀素（737—799，一说725—785），字藏真，俗姓钱，永州零陵（今湖南零陵）人。少年出家事佛，经禅之暇，醉心翰墨。尝于故里广植芭蕉万株，以蕉叶代纸习字，因名其所居曰“绿天庵”。其弃笔堆积，埋山下曰笔冢。以“狂草”名重当世。后入京，求见当时名公，以求进益。颜真卿、张谓、戴叔伦、钱起等，皆作诗文称赏其草书。嗜酒，酒酣兴发，于寺壁里墙、衣裳器具，无不书之，人称醉僧。又，评者谓张长史为颠，怀素为狂，以狂继颠，合称“颠张狂素”。其草书，笔法瘦劲，飞动自然，如骤雨旋风，随手万变。传世书迹有《自叙帖》《苦笋帖》《食鱼帖》《圣母帖》《论书帖》《大草千字文》《小草千字文》诸帖。

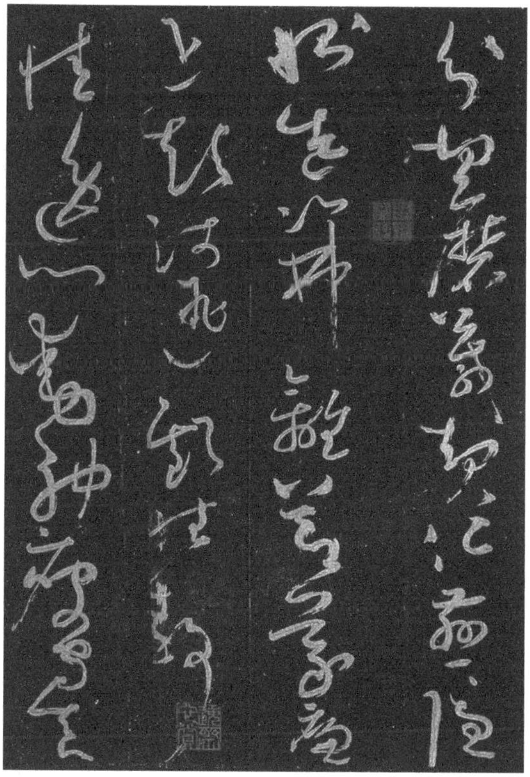

怀素 大草行字文（局部）

柳公权

唐人尚法论精工，
柳骨森严丰润融。
面谏托词书喻政，
杜钦谷永合流风。

柳公权（778—865），字诚悬，京兆华原（今陕西铜川）人，兵部尚书柳公绰之弟。宪宗元和三年（808年）登进士第，又登博学宏词科，释褐秘书省校书郎。穆宗爱其书法，问用笔之法，柳公权对曰：“用笔在心，心正则笔正。”长庆中，官右拾遗、右补阙。大和中，为司封员外郎，充翰林学士。后累迁中书舍人、谏议大夫、工部侍郎，均兼内职。后至太子少师。公权博贯经术，通音律，工诗文，其书法体势劲媚，骨力遒健，结构劲紧，自成一家，极为时重。他与颜真卿并称“颜柳”。传世碑刻有《金刚经碑》《玄秘塔碑》。另有墨迹《蒙诏帖》《王献之送梨帖跋》等。

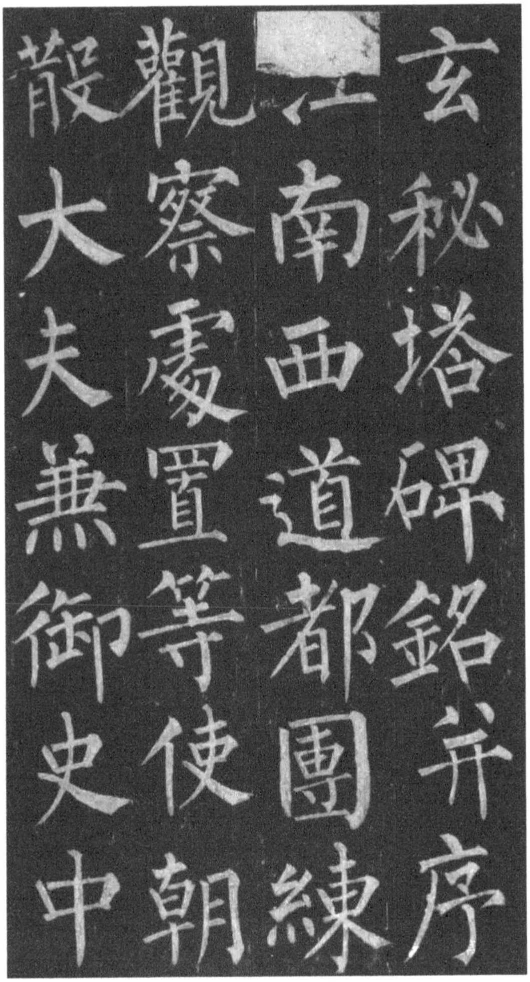

柳公权 玄秘塔碑（局部）

杜　牧

笔端才调见清奇，信手挥来任所之。
好好诗书真绝唱，六朝风韵此中窥。

杜牧（803—853），字牧之，号樊川居士，京兆万年（今陕西西安）人。唐文宗大和二年（828年），登进士第，又登贤良方正能直言极谏科，授弘文馆校书。曾任国史馆修撰，膳部、比部、司勋员外郎，黄州、池州、睦州刺史等职。生平颇好游宴。喜兵法，曾注曹操所定《孙子兵法》十三篇。诗与李商隐齐名，人称“小李杜”。牧之亦善书，其行书《张好好诗》潇洒流逸，深得六朝人风韵。《宣和书谱》评其书：“气格雄健，与其文章相表里。”

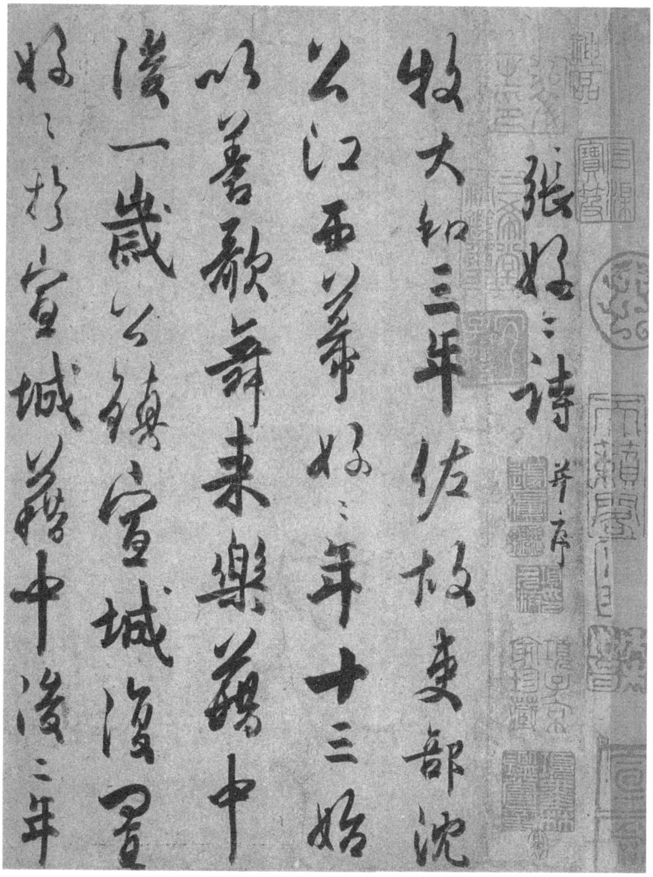

杜牧 张好好诗（局部）

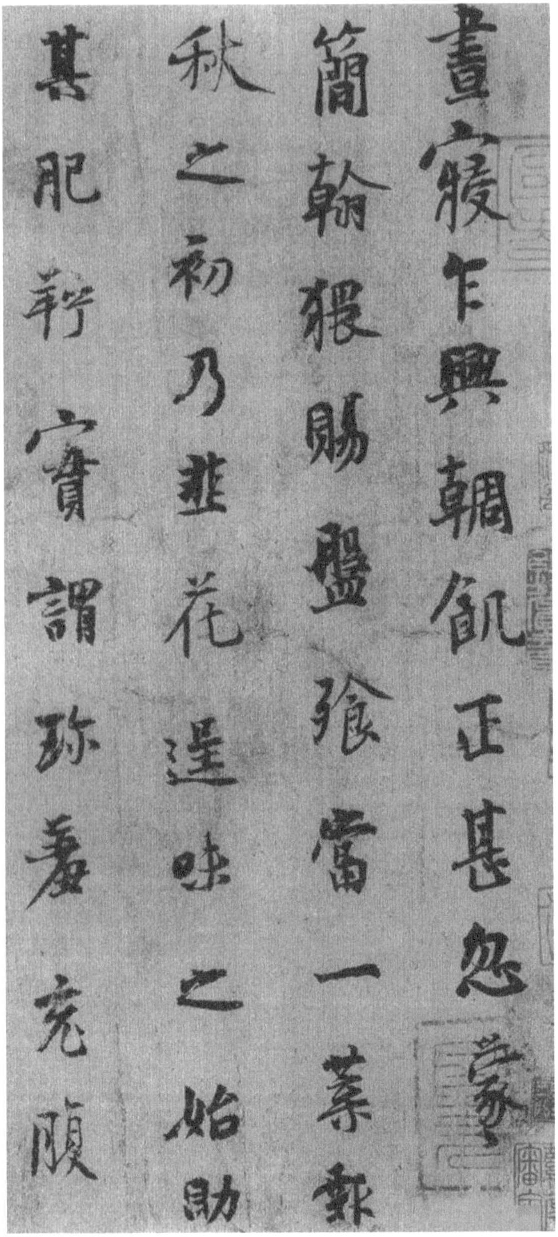

杨凝式　韭花帖（局部）

杨凝式

韭花清逸出风尘，
夏热颠狂耳目新。
启宋承唐谁复匹，
散僧入圣识天真。

杨凝式（873—954），字景度，号虚白，华州华阴（今陕西华阴）人。性狂傲纵诞，幼颖悟，富有文藻，大为时辈所推。哀帝天祐二年（905年）登进士第，释褐度支巡官，迁秘书郎。唐亡后，历仕后梁、后唐、后晋、后汉、后周，官至太子太保。卒于任上，赠太子太傅。凝式博览经籍，长于歌诗，遇山水胜景则流连赏咏。尤工行草，得欧阳询、颜真卿笔法。洛川寺观蓝墙粉壁上，题记殆遍，时人以其纵诞，有“疯子”之号。其代表作有《韭花帖》《卢鸿草堂十志图跋》《神仙起居法》《夏热帖》等。

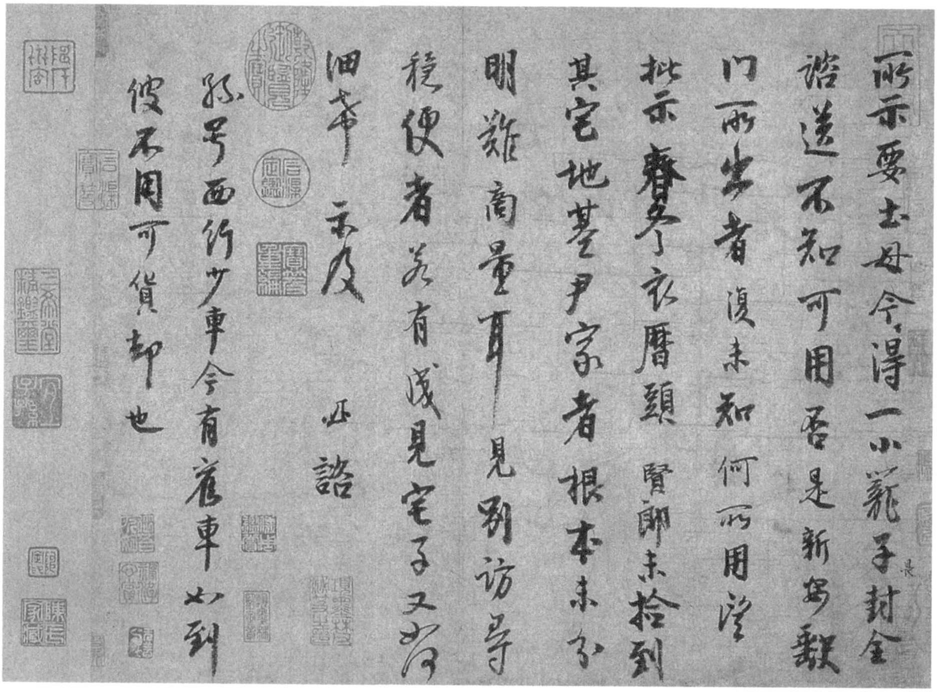

李建中 土母帖

李建中

法自平原率更传，宋贤尚意已开先。
同年土母皆堪赏，朴厚丰肥见脱然。

李建中（945—1013），字得中，京兆（治今陕西西安）人。宋太宗太平兴国八年（983年）进士。累官太常博士、金部员外郎、工部郎中、西京留司御史台等职。人称“李西台”。淡于荣利，好吟咏，每游山水，留题自称“岩夫民伯”。擅草、隶、篆、籀、八分等书体，行书尤工，多构新体，师法颜真卿及魏晋书风。其书笔致丰腴肥厚，结体端庄稳健，风格丰肌秀骨，气宇轩朗。有墨迹《同年帖》《土母帖》《贵宅帖》等传世。

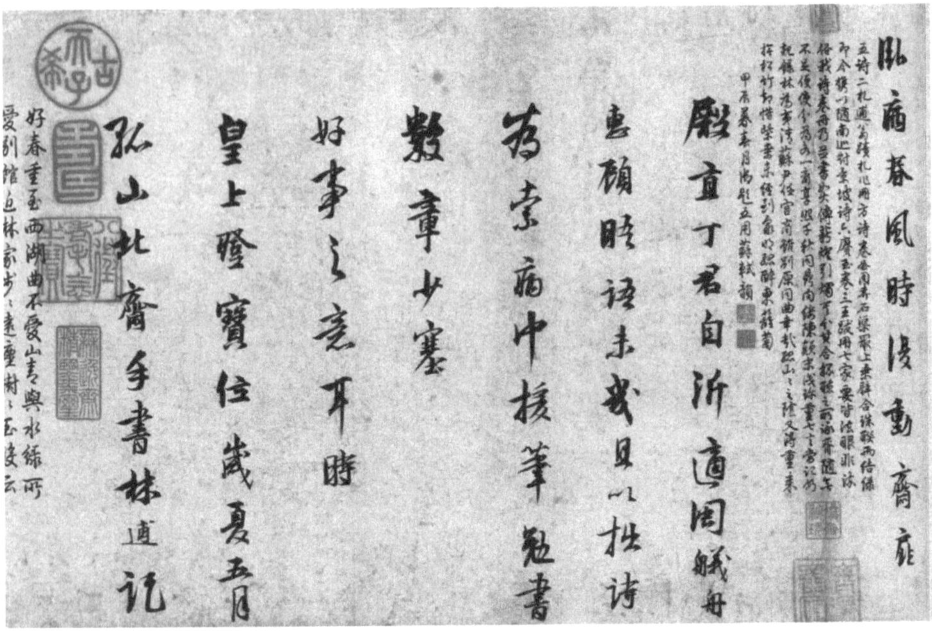

林逋 自书诗卷（局部）

林 逋

俗情尘虑岂交关，日与高僧相往还。
书卷萧疏清入骨，馨香浮动满湖山。

林逋（967—1028），字君复，钱塘（今浙江杭州）人。少孤，力学，性恬淡好古，弗趋荣利。家贫，衣食不足，晏如也。及长，漫游江、淮间，久之归杭州，结庐西湖之孤山，时驾小舟遍游西湖诸寺庙，与衲子诗友日相往还。终生不仕不娶，惟喜植梅养鹤，自谓“以梅为妻，以鹤为子”，人称“梅妻鹤子”。其行草书瘦挺劲健，笔意类欧阳询、李建中而清劲处尤妙。既老，自为墓于庐侧，作诗云：“湖上青山对结庐，坟前修竹亦萧疏。茂陵他日求遗稿，犹喜曾无封禅书。”卒，谥曰“和靖先生”。

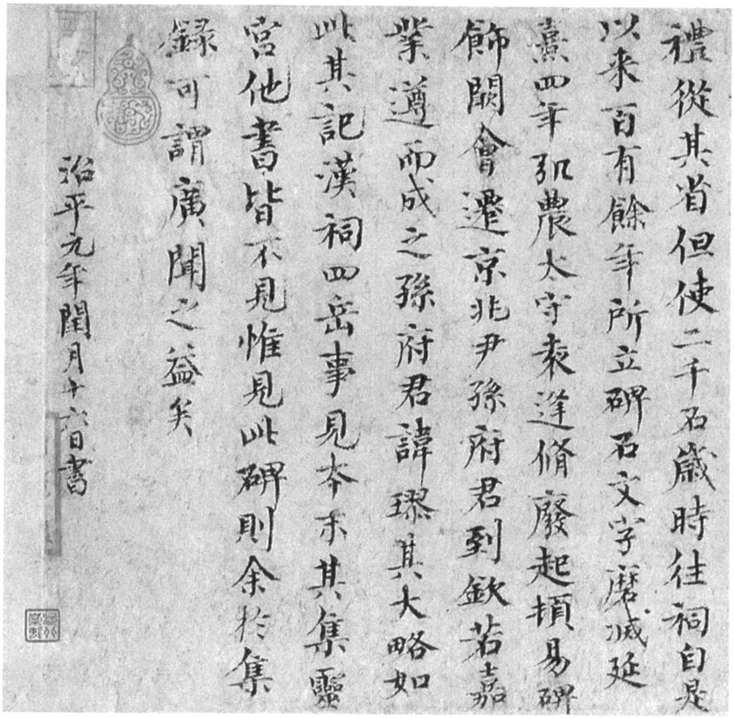

欧阳修 集古录跋尾（局部）

欧阳修

文章宗匠唾成珠，集古跋题倾万夫。
渴笔楷书清丽字，当朝不让蔡君谟。

欧阳修（1007—1072），字永叔，号醉翁、六一居士，吉州（今属江西）人。官至翰林学士、枢密副使、参知政事，谥号“文忠”，世称“欧阳文忠公”。后世将其与韩愈、柳宗元、苏轼合称“千古文章四大家”。与韩愈、柳宗元、苏轼、苏洵、苏辙、王安石、曾巩合称“唐宋八大家”。有《欧阳文忠公集》行世。其书名亦著于当世，喜以枯笔作书，用笔精谨，沉着有力。苏轼评其：“用尖笔干墨作方阔字，神采秀发，膏润无穷。”朱熹云：“欧阳公作字如其为人，外若优游，中实刚劲。”著有《论南北朝书》《论仙篆》《六一题跋》《集古录跋尾》等。

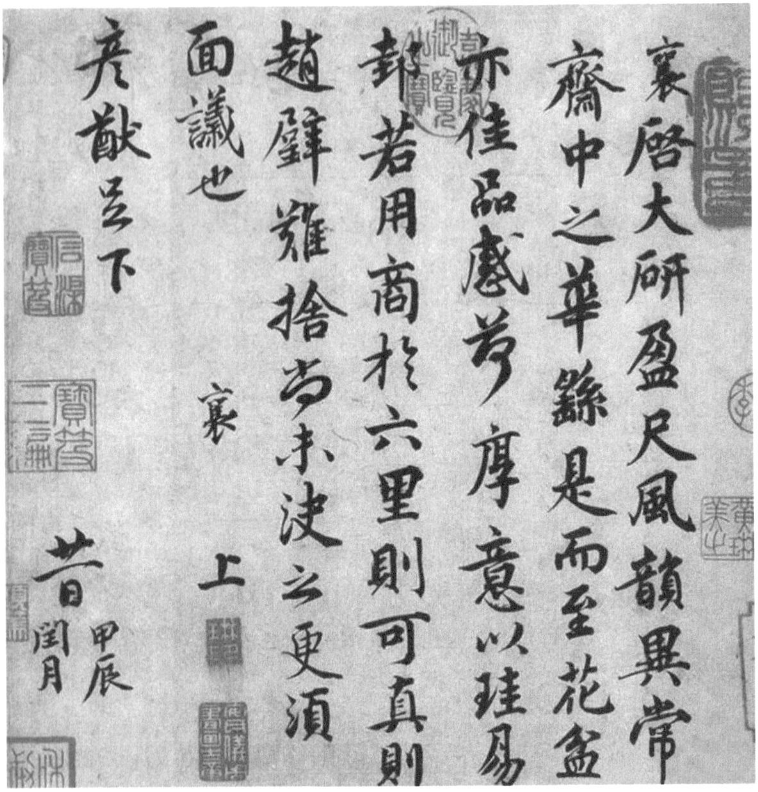

蔡襄 大研帖

蔡 襄

君谟手泽见心光，遒丽端闲散冽香。
惜舍承先清古意，翻新不敌米苏黄。

蔡襄（1012—1067），字君谟，兴化仙游（今属福建）人。仁宗天圣八年（1030年）进士。历任馆阁校勘、知谏院、直史馆、知制诰、龙图阁直学士、枢密院直学士、翰林学士、三司使、端明殿学士等职，并出任福建路转运使，知泉州、福州、开封和杭州府事。卒赠礼部侍郎，谥“忠惠”。襄诗文清妙，工书法，效晋唐人，笔甚劲净而姿媚有余，为“宋四家”之一。然与苏轼、黄庭坚、米芾相较，惜未成自家体段。世传“宋四家”中，蔡原指奸相蔡京，后人恶京品行，故舍京而取襄，襄年辈长于苏黄米，其所以居后者，即以此故。著有《茶录》《荔枝谱》《蔡忠惠公文集》等。

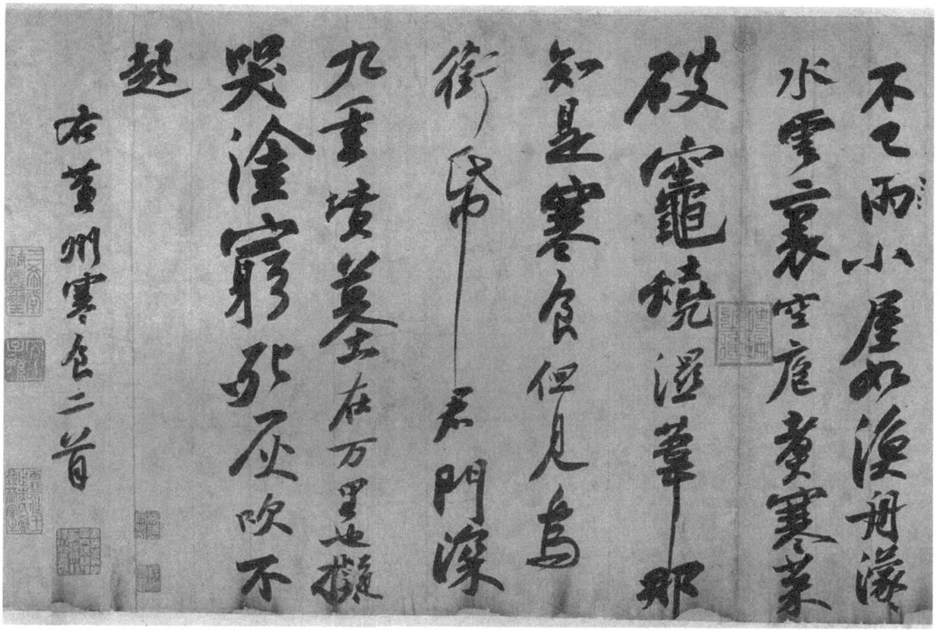

苏轼 寒食帖（局部）

苏 轼

悠悠人事不由身，高概芳襟迥出尘。
千古书家推表率，五车摧笔见深醇。

苏轼（1037—1101），字子瞻，号东坡居士，世称苏东坡、苏仙，眉州眉山（今四川眉山）人。嘉祐二年（1057年）进士，为凤翔府签书判官，召试得直史馆，摄开封府推官。神宗熙宁中上书论王安石新法，遭外放杭州、密州、徐州等地作地方官。元丰中，因诗托讽，再贬黄州为团练副使。元祐六年（1091年），司马光等旧党当权，召为翰林承旨。晚年，新党复起，累贬至海南琼州别驾，居昌化。徽宗立，元符三年（1100年）赦还，提举玉局观，复朝奉郎。后病逝于常州，谥“文忠”。轼为“宋四家”之一。其书能自创新格，用笔丰腴跌宕，具天真烂漫之趣。若《寒食帖》，后世誉称为“天下第三大行书”。所作文章汪洋恣肆，壮美阔大；诗词清空畅达，豪迈不羁，突破绮靡风气。著有《东坡七集》《东坡志林》《东坡乐府》《仇池笔记》《论语说》等。

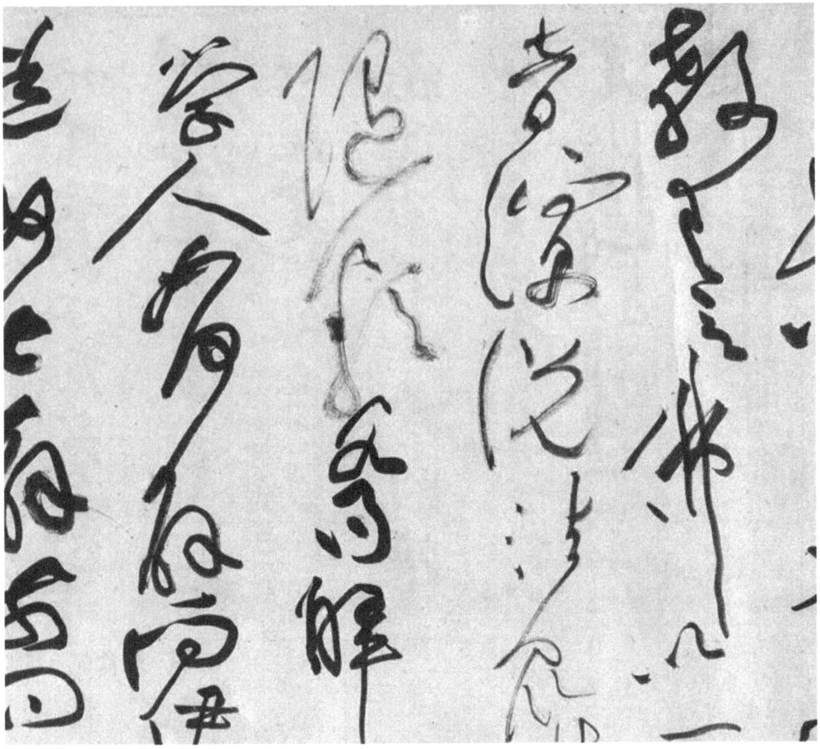

黄庭坚 诸上座帖（局部）

黄庭坚

琢句谋篇别味长，诗开宗派锦机张。
心能转腕江山助，尚意标新首自昂。

黄庭坚（1045—1105），字鲁直，号山谷道人，晚号涪翁，洪州分宁（今江西九江修水）人。英宗治平四年（1067年）进士。调叶县县尉。神宗熙宁初，教授北京国子监，才能为文彦博所重。知太和县，以平易为治。哲宗立，累进秘书丞兼国史编修官。绍圣初，出知宣州、鄂州。章惇、蔡卞劾其所修《神宗实录》多诬，贬涪州别驾、黔州安置。徽宗即位，起知太平州，复谪宜州。工诗词文章，受知于苏轼，与张耒、晁补之、秦观并称“苏门四学士”。论诗推崇杜甫，讲究修辞造句，强调“无一字无来处”，开创江西诗派。精行、草书，楷法亦独树一格。为“宋四家”之一。著有《豫章黄先生文集》等。

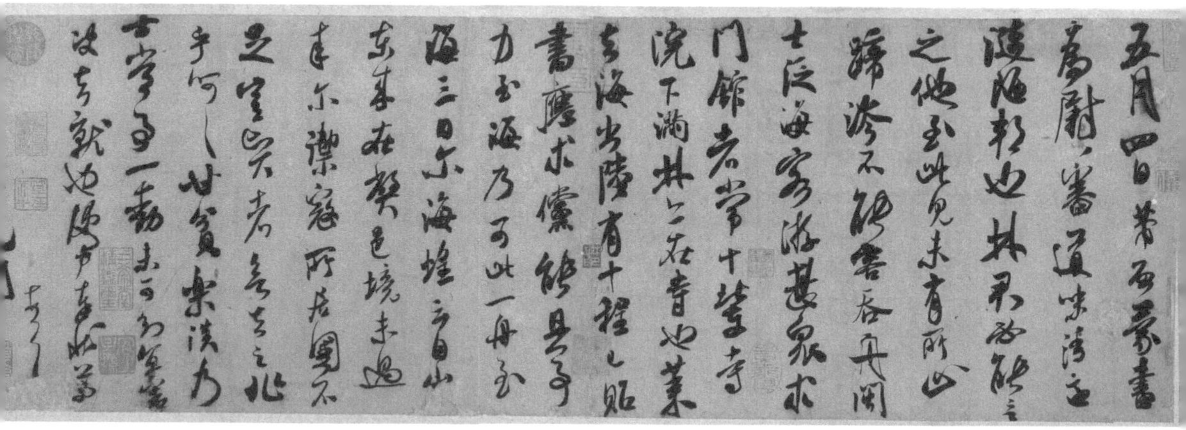

米芾 德忱帖（局部）

米 芾

呼嚎石丈意疏狂，集古多能灵府光。
刷字出锋矜八面，辉华盖代自堂堂。

米芾（1051—1107），初名黻，后改芾，字元章，号襄阳漫士、海岳外史等。祖籍太原（今属山西），后徙襄阳（今属湖北），又徙丹徒（今属江苏）。世称“米襄阳”。以恩补浛光尉，历知雍丘县、涟水军，以太常博士知无为军。徽宗时召为书画学博士，擢礼部员外郎，出知淮阳军。举止怪异，有洁癖。能诗文，擅书画，精鉴别。书法临古能乱真。初师欧阳询、柳公权，字体紧结，笔画挺拔劲健，后转师王羲之、王献之，体势展拓，笔致浑厚爽劲，尤工行草，自谓“刷字”。与苏轼、黄庭坚、蔡襄并称“宋四家”。画山水人物多以水墨点染，自名一家。著有《宝晋英光集》《书史》《画史》《宝章待访录》等。

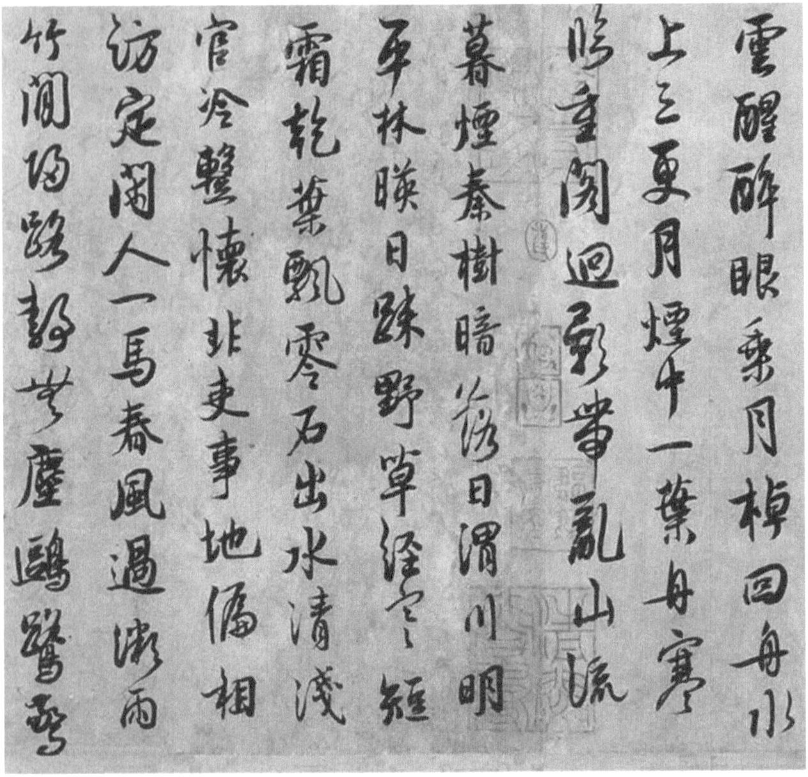

薛绍彭 云顶山诗卷（局部）

薛绍彭

东晋风流继者谁，翠微居士力能追。
霞舒云卷腴和气，领异终归未绝奇。

薛绍彭（生卒年不详），字道祖，号翠微居士，长安（今陕西西安）人。恭敬公薛向之子，以翰墨名世。哲宗元祐元年（1086年）官承事郎、监上清太平宫。历少府监丞，累官秘阁修撰、梓潼路转运使。擅行、正、草诸体，取法晋唐，格度严谨，自成一家。与米芾为书画友，每以鉴定相尚，得失评较。书法并称“米薛”。米芾尝言：“薛绍彭与余，以书画情好相同，尝见有问，余戏答以诗曰：‘世言米薛或薛米，犹如兄弟或弟兄。’”工正、行、草书，笔致清润遒丽，具晋、唐人法度，历来书家对其评价甚高。

赵 佶

空负宣和天子责，
独于艺事富灵光。
身俘国破千般辱，
回首中原心蠹伤。

赵佶（1082—1135），即宋徽宗，宋神宗第十一子、宋哲宗之弟，宋朝第八位皇帝。绍圣三年（1096年）封端王。元符三年（1100年）即位。以蔡京主国事，定司马光、苏轼等百余人为奸党，皆予贬谪。崇奉道教，大兴道观，自称“教主道君皇帝”。又穷极土木，采寻民间奇花异石，称“花石纲”。遣使浮海，约金攻辽，以夺回燕云之地。宣和七年（1125年），金兵灭辽后南下。惧而传位钦宗，自称“太上皇”。钦宗靖康二年（1127年），为金兵所俘，后卒于五国城（今黑龙江一带）。赵佶诗书画俱能，后世称 “宋徽宗诸事皆能，独不能为君耳”。其书，称“瘦金体”，有《千字文》传世；其画，有《芙蓉锦鸡图》等存世；其诗词，有《宣和宫词》三卷等传世。

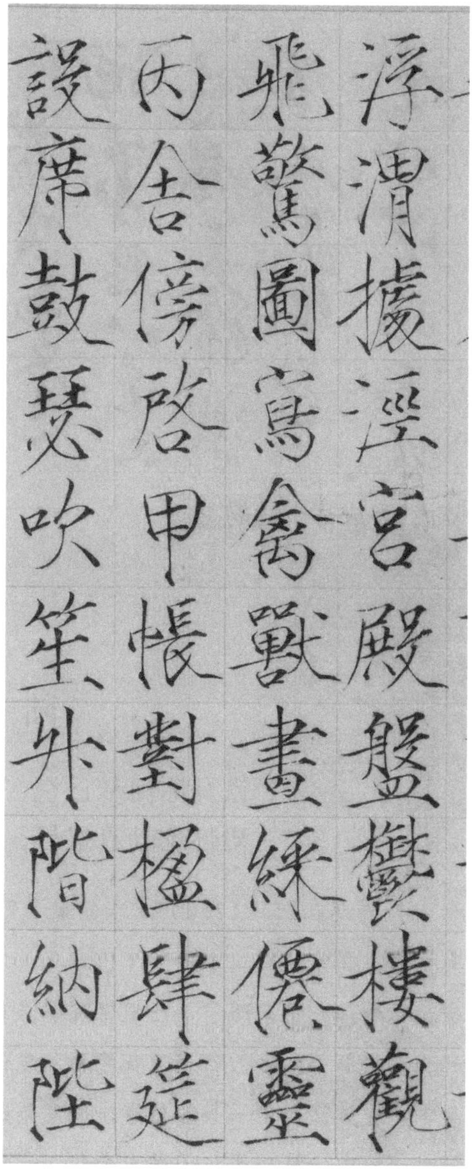

赵佶 千字文（局部）

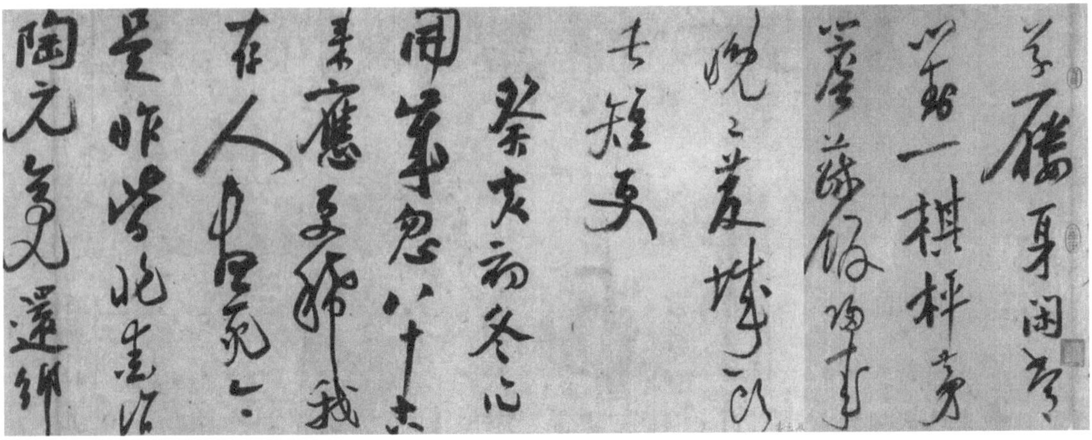

陆游 怀成都十诗韵（局部）

陆　游

铁马冰河梦已空，诗章聊复寄深衷。
襟怀郁勃真堪恃，信手弹毫不计工。

陆游（1125—1210），字务观，号放翁，越州山阴（今浙江绍兴）人。少有文名。高宗绍兴二十四年（1154年）应礼部试，名列前茅。因“喜论恢复”，遭秦桧黜落。孝宗即位，任枢密院编修官，赐进士出身。乾道六年（1170年），起为夔州通判。后入四川宣抚使幕，复任四川制置使司参议官。淳熙七年（1180年），提举江西常平茶盐公事，以发粟赈灾，被劾罢。淳熙十六年（1189年），任礼部郎中，被劾罢，闲居十余年。宁宗嘉泰二年（1202年），召修孝宗、光宗实录。以宝谟阁待制致仕。放翁诗词、散文、史学、书法俱臻上乘。其诗多沉郁顿挫、感激豪宕之作，平生创作诗歌今存九千余首，与尤袤、杨万里、范成大并称为“南宋四大家”。其行草《自书诗卷》潇洒遒劲，气势酣畅，豪迈不减当年。著有《剑南诗稿》《渭南文集》《南唐书》《老学庵笔记》等。

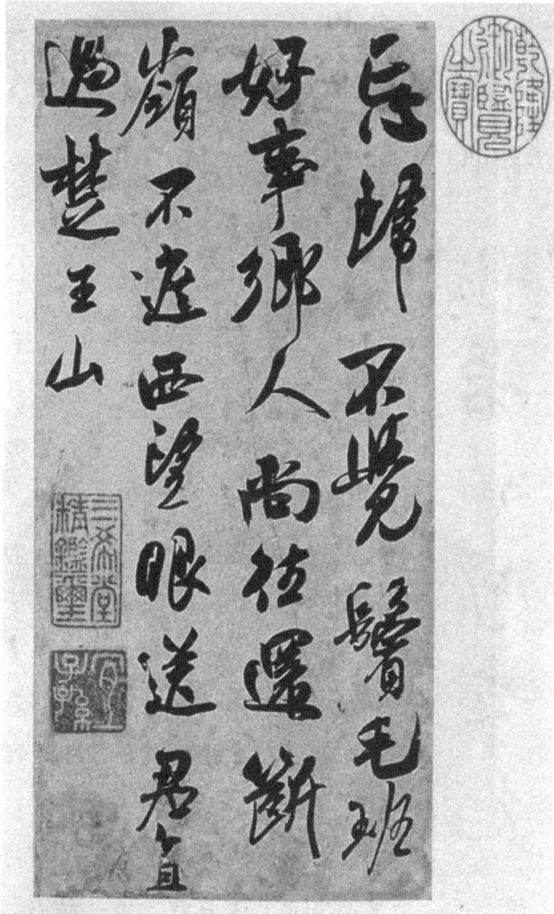

吴琚 识语并焦山题名

吴 琚

元章遗法此传人，
半世追摹已乱真。
不作开山宗派想，
略存己意畅心神。

吴琚（生卒年不详），字居父，号云壑，汴梁（今河南开封）人。太宁郡王、卫王吴益之子，宋高宗吴皇后之侄。尝从陈傅良问学，范成大、陆游辈引为师友。孝宗乾道九年(1173年)，特授添差临安府通判。累除知明州兼沿海制置使。曾与赵汝愚定策立宁宗。后历知鄂州、庆元府，位至少师、判建康府兼留守。琚性淡泊好古，工诗词，尤精翰墨，孝宗常召之论诗作字。擅正、草，工行书，极似米芾，而自有峻峭气格。有《云壑集》传世。

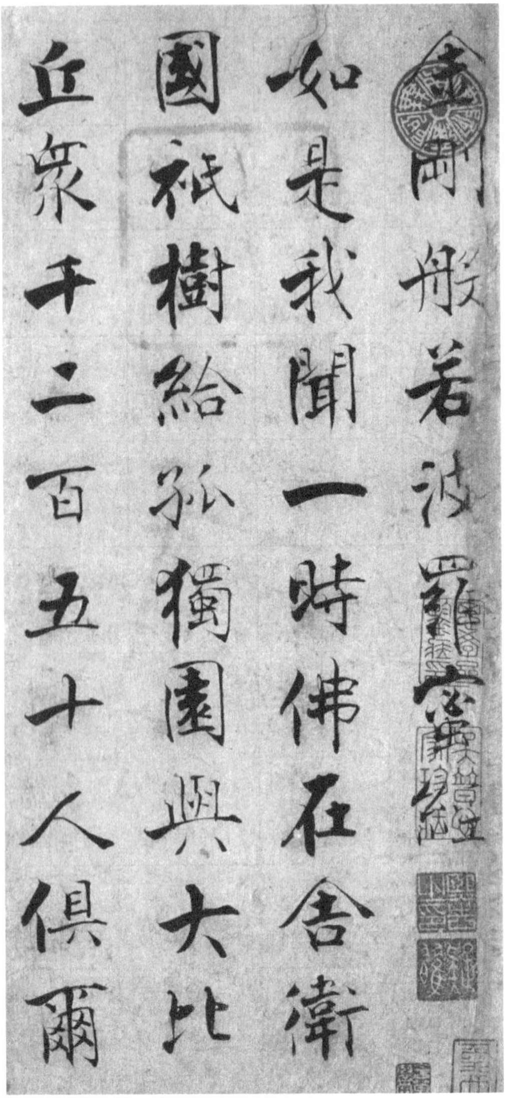

张即之 金刚般若波罗蜜经（局部）

张即之

禅意欧虞米法融，
胸怀岂与俗情通。
不今不古非庸格，
异族飞声气更雄。

张即之（1186—1263），字温夫，号樗寮，历阳（今安徽和县）人。生于名门显宦之家，为参知政事张孝伯之子，爱国词人张孝祥之侄。历监临安府楼店务、龙山税、宁国府城下酒曲务等。官至司农寺丞、知嘉兴。告老，特授直秘书阁致仕。张即之以能书闻天下，其书初学欧、褚、颜，后师米芾并参以汉隶、晋唐经书，复以禅悟书，故能自成一格。平生喜作擘窠大字，金人尤宝其翰墨。今传有所书《华严经》等。

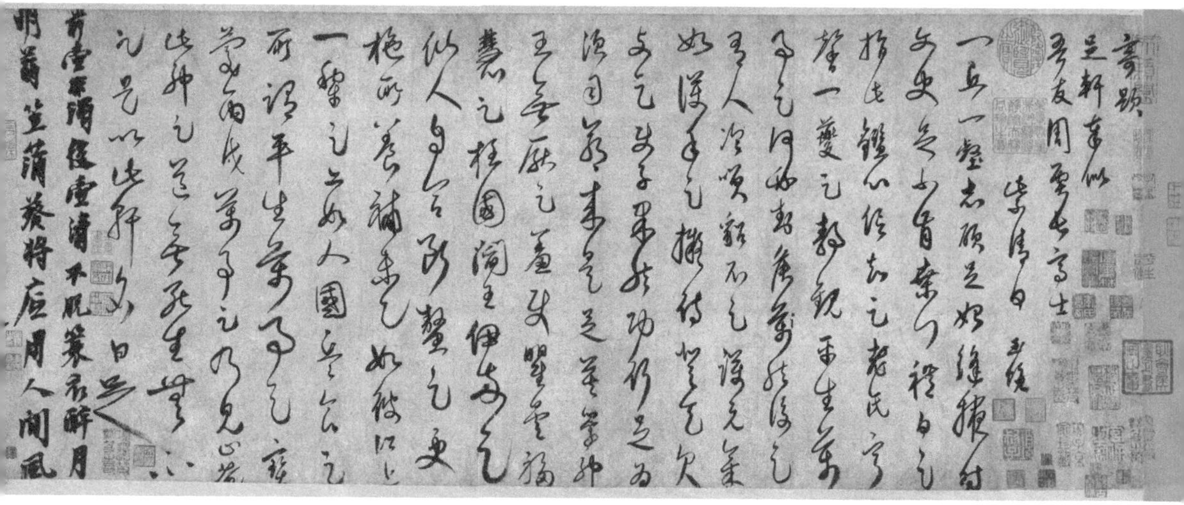

白玉蟾 足轩铭卷

白玉蟾

道门高士讵虚传，落笔超凡合太玄。
一纸足轩铭到眼，轻灵字字化飞仙。

白玉蟾（1194—1229），南宋道人，原姓葛，名长庚，字如晦，号海琼子，又号海蟾，琼山县（今属海南）人，一说福建闽清人。入道武夷山。初至雷州，继为白氏子，自名白玉蟾。平生博览载籍，所到处留咏甚多，每遇高人逸士，必以诗相赠，实仙家才子也。善草书，常酒酣即席挥毫，随身无片纸，落笔满四方。其书上追晋人，得“二王”神韵，纵横舒展，若龙蛇飞动。存世行草《足轩铭卷》为其三十三岁所书，首尾笔势清劲爽健，用意超凡脱俗，富晋人潇洒风韵。

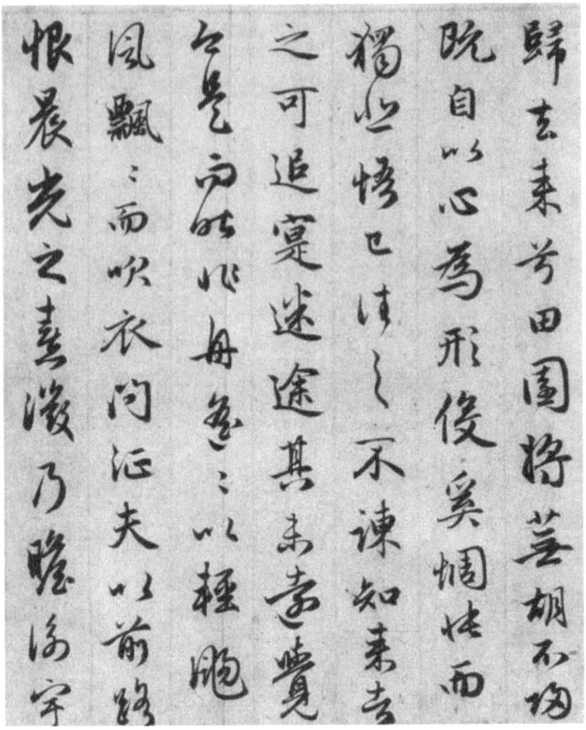

张孟頫 归去来辞（局部）

赵孟頫

王孙走笔意弥新，众铄蒙元第一人。
追轨右军多整饬，未能及处是风神。

赵孟頫（1254—1322），字子昂，号松雪道人、水精官道人，浙江吴兴（今湖州）人。宋太祖赵匡胤十一世孙，秦王赵德芳之后。幼聪敏，为文操笔立就。年十四，以父荫为真州司户参军。宋亡家居，益自力于学。侍御史程钜夫奉诏搜访遗逸，以子昂入见。子昂才气英迈，神彩焕发，如神仙中人，世祖顾之喜，欲大用之。议者不可，授兵部郎中，迁集贤直学士，出同知济南总管府，历江浙等处儒学提举。延祐中，累拜翰林学士承旨，得请归，至治二年（1322年）卒。追封魏国公，卒谥“文敏”。诗文清邃奇逸，书法称雄一世。其书多从“二王”中来，其体势紧密，则得之右军。书风遒媚、秀逸，结体严整，笔法圆熟，世称“赵体”。与颜真卿、柳公权、欧阳询并称为“楷书四大家”。

鲜于枢

三折移藩见赤诚，
伯机胸次轶群英。
挽车悟得戈铓意，
气卷江湖已足惊。

鲜于枢（1246—1302），字伯机，号困学民、直寄老人，元大都（今北京）人，一说渔阳（今天津蓟州）人。至元间，以才选为浙东宣慰司经历，改江浙行省都事。意气雄豪，每晨出则载笔椟，与其长廷争是非。一语不合，辄飘飘然欲置章绶去，渔猎山泽间而后为快。辞归，居钱塘西溪（今属浙江杭州），筑困学斋。早岁学书，未能如古人，偶于野外见人挽车淖泥中，顿有所悟。酒酣作字，奇态横生，赵子昂极推重之。书迹有《老子道德经卷上》《苏轼海棠诗卷》《韩愈进学解卷》《论草书帖》等传世。著有《困学斋杂录》《困学斋集》。

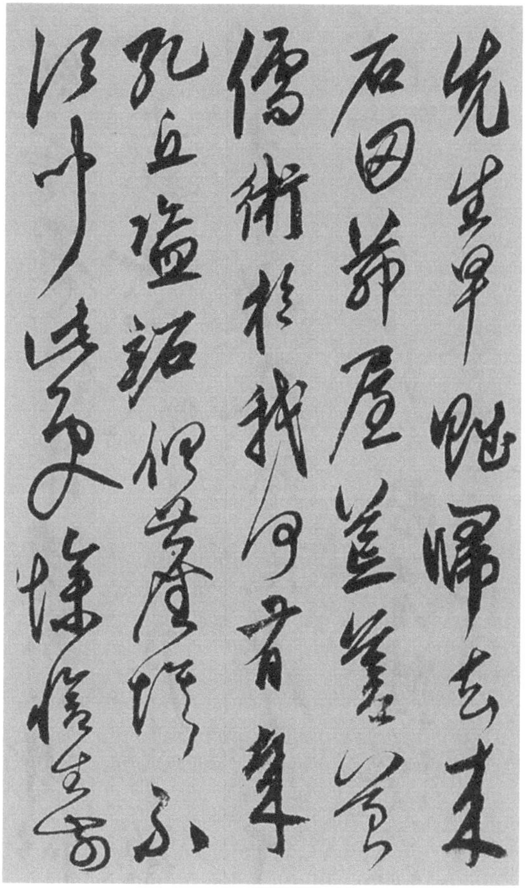

鲜于枢 醉时歌（局部）

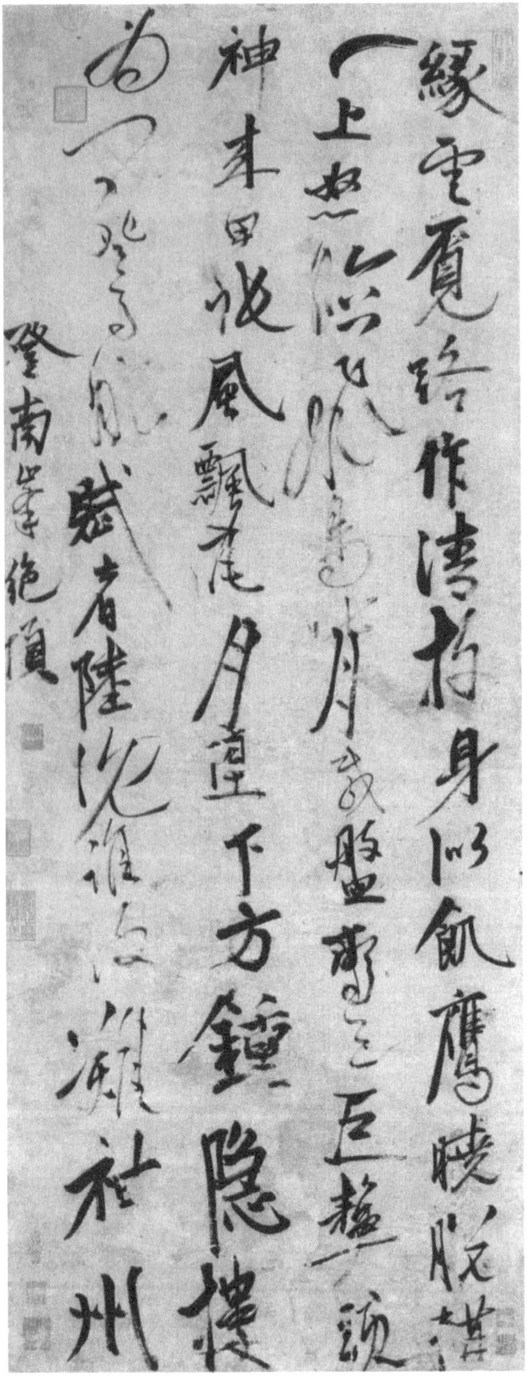

张雨 登南峰绝顶

张 雨

焚香饮酒两悠哉，
方外红尘时去来。
道品当朝推第一，
清诗妙墨远氛埃。

张雨（1283—1350），字伯雨，号句曲外史，钱塘（今浙江杭州）人。宋崇国公张九成之后。博学多闻，善谈名理。工书画，善诗词。年二十遍游诸名山，弃家为道士。师事茅山宗师许道杞弟子周大静，后师事玄教高道王寿衍，居杭州开元宫，日与友人故旧赋诗以自娱。或焚香终日，坐密室，不以世事接目。倪瓒赞其“本朝道品第一”。外史风裁凝峻，书性极高，赵文敏公一见而异之，授以李北海书法，并旁涉怀素、米芾，终成清虚神骏之风。有诗集《贞居集》五卷、书迹《台仙阁记》《题画二诗》等传世。

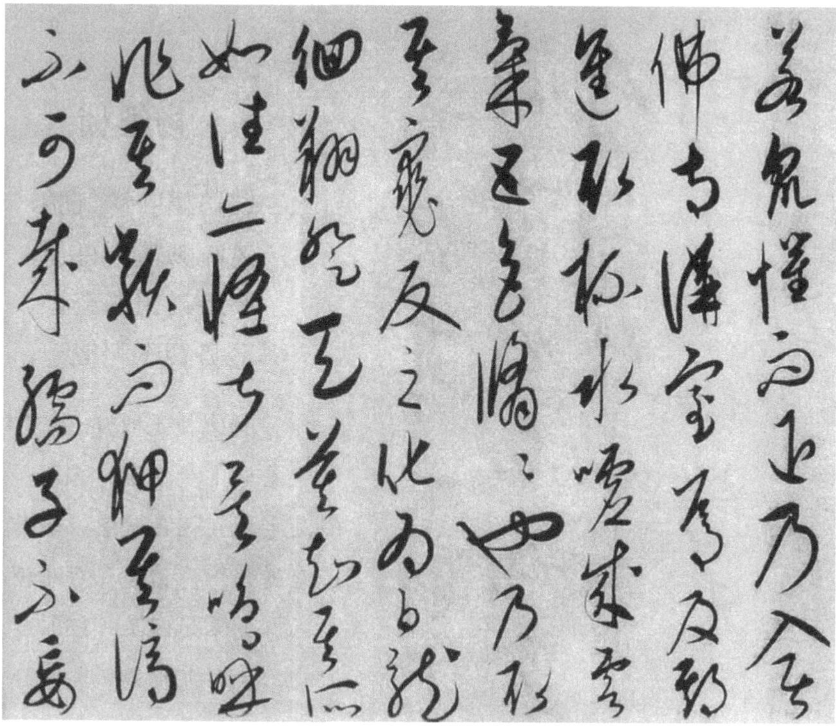

康里巎巎 谪龙说卷（局部）

康里巎巎

夷陬鞑靼有才人，重艺崇文学步纯。
落笔势如弓弩疾，日书三万字通神。

康里巎巎（1295—1345），字子山，号正斋、恕叟，康里部人（康里为当时西北游牧民族部落）。东平王不忽木之子。幼入太学，习汉文化，博通群经，累官至学士院大学士，以圣贤格言讲诵帝侧。顺帝时仍侍经筵，卒官翰林学士承旨。子山正书学虞世南、钟繇，行草宗羲献。草书犹得钟王笔意，劲圆毫雄，极具个性。据传其学书极用功，可“日写三万字”，亦即三倍于松雪道人之“日书万字”。《元史》云：“善真行草书，识者谓得晋人笔意，单牍片纸，人争宝之，不翅金玉。”书与赵孟頫、鲜于枢、邓文原齐名，又称“北巎南赵”。书迹有《谪龙说卷》《李白古风诗卷》《述笔法卷》等传世。

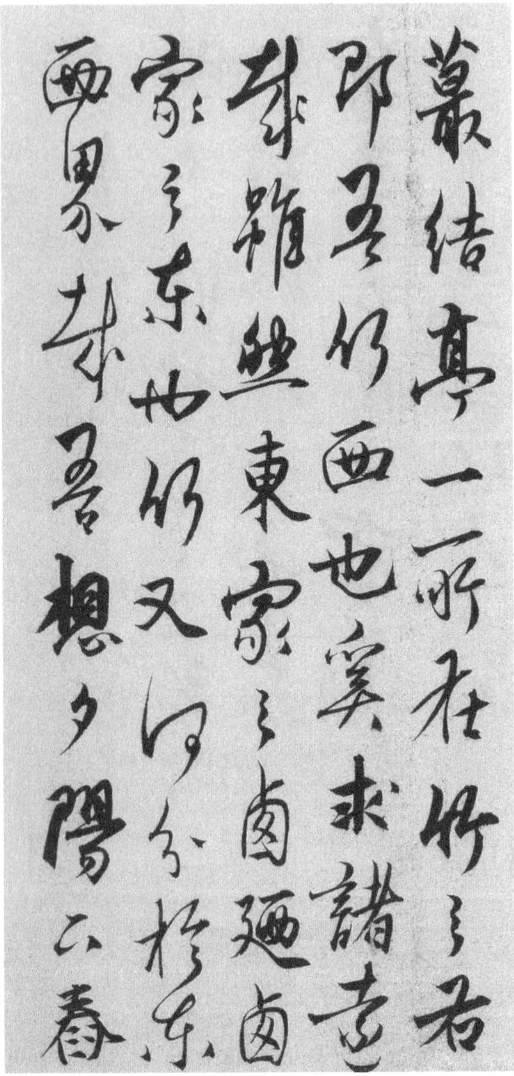

杨维桢 竹西草堂志（局部）

杨维桢

铁笛横吹意气骄，
风流独擅一诗豪。
联翩异想书奇诡，
笔势翻飞利似刀。

杨维桢（1296—1370），字廉夫，号铁崖、东维子、抱遗老人，因善吹笛，自称“铁笛道人”。诸暨（今属浙江）人。元泰定四年（1327年）进士。生平气度高旷，流连山水间，以声乐自随。早年居吴山铁崖，筑万卷楼，读书其上；晚年居松江，东南才俊之士登门拜访者，殆无虚日。玉山草堂之会，推主敦盘。笔墨横飞，铅粉狼藉，或戴华阳巾，披鹤氅，踞船屋上，吹铁笛，作《梅花弄》，坐客皆蹁跹起舞，以为神仙中人也。维桢善行草，笔法清劲遒爽，体势矫捷横发，自成风貌。其诗名独擅一时，号“铁崖体”。有《东维子文集》《铁崖先生古乐府》等存世。

宋 克

击剑疏狂动四方，
笔端意气更轩昂。
岂甘松雪流风罩，
揽古穷探急就章。

宋克（1327—1387），字仲温，一字克温，自号南宫生，长洲（今江苏苏州）人。官凤翔同知。少任侠，好击剑走马。克少年英俊，磊落清爽，常以李太白、苏东坡自比。及壮，学兵法，周游无所遇，益以气自豪。杜门挥毫，日费千纸，遂以善书名天下。其书深得钟、王之法，于皇象《急就章》着力尤多，笔精墨妙，风度翩翩。

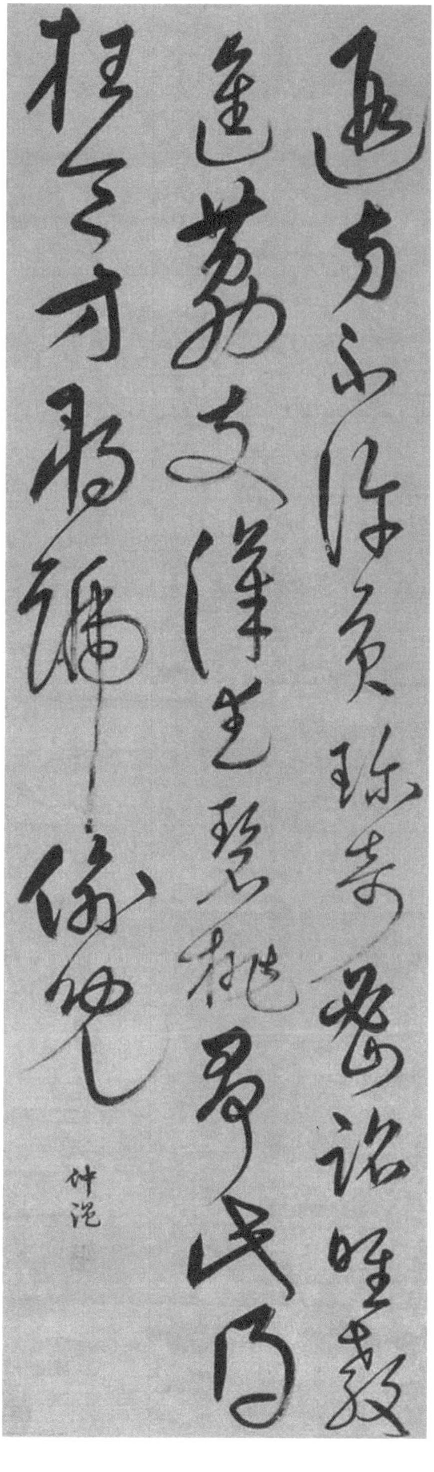

宋克 草书韩偓七绝条幅

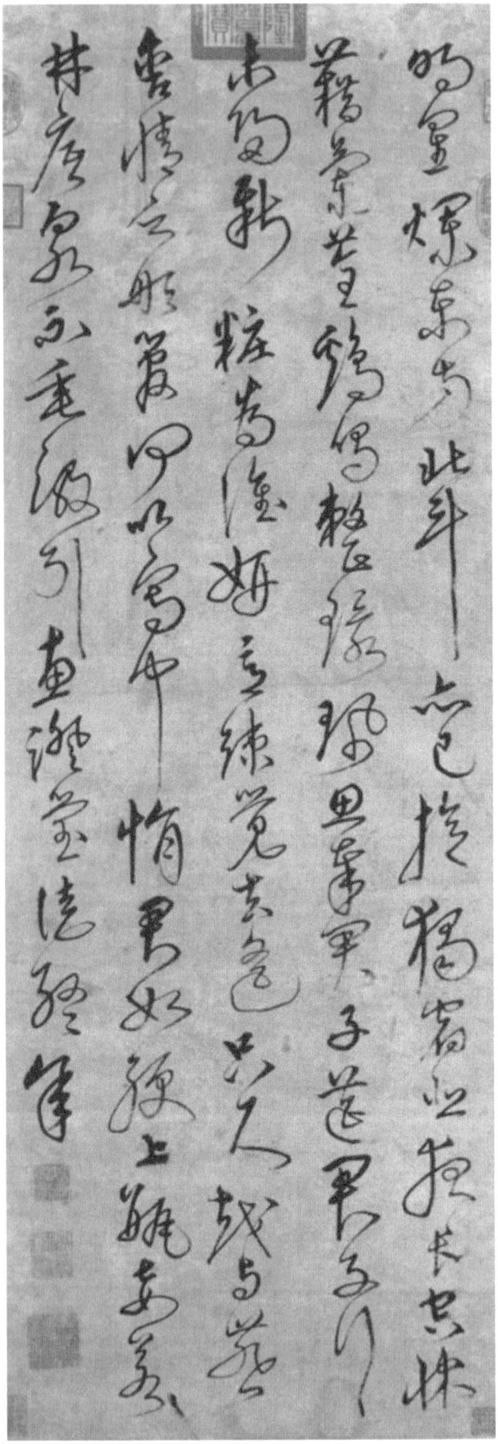

沈　粲

襟怀爽闿异庸常，
显贵因书入帝乡。
走笔刀头飞燕尾，
趣随势出意尤张。

沈粲（1379—1453），字民望，号简庵，松江府华亭县（今上海松江）人。善真、草书，以遒逸胜。尤长于诗，有集二千余首。永乐初，与兄度同事秘阁，度为翰林学士，粲为侍读学士，人咸以大小学士、二沈称焉。历成、仁、宣、英四朝，俱受殊宠。自兄殁后，凡玉册金简，国家大制作，皆出粲笔。有《草书千字文卷》《草书古诗轴》《梁武帝草书状卷》《重建华亭县治记》等传世。

沈粲 草书古诗轴

张 弼

酒酣落笔势连绵，
醉引龙蛇欲上天。
却笑狂来伤管束，
难将造化概张颠。

张弼（1425—1487），字汝弼，号东海，晚称东海翁，松江府华亭县（今上海松江）人。成化二年（1466年）进士。久任兵部郎，议论无所顾忌。出为南安知府，律己爱物，大得民和。尤工草书，取法张旭、怀素。往往酒酣兴发，顷刻数十纸，疾如风雨，矫如龙蛇，欹如堕石，瘦如枯藤。更喜作擘窠大轴，怪伟跌宕，震撼一世，人称“张旭复生”。四方求书者无虚日，甚至海外诸国，亦知其名。传世手迹有《草书千字文》《草书登辽阳城诗》等。著作由其子张弘至辑为《张东海先生集》刊行。

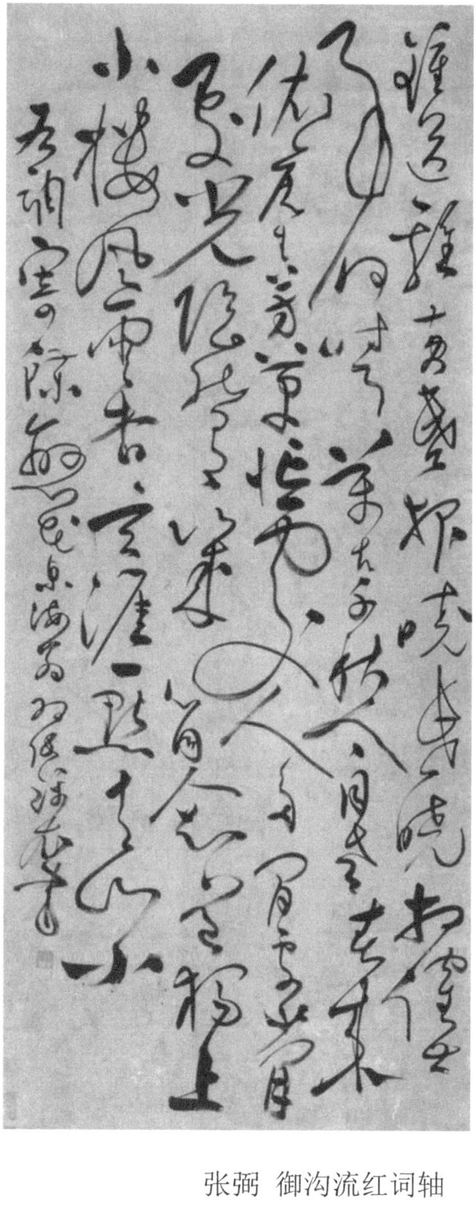

张弼 御沟流红词轴

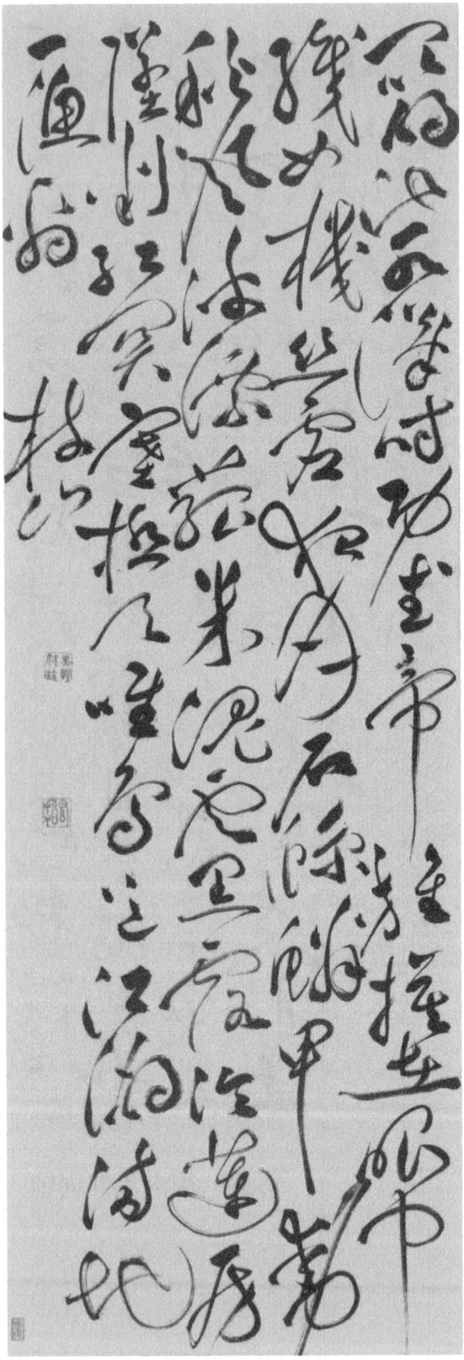

祝允明 草书杜甫秋兴诗

祝允明

博精群法祝枝山，
筵上书成只等闲。
沿晋游唐归浪漫，
超然鹗立拒庸顽。

祝允明（1460—1526年），字希哲，号枝山，苏州府长洲（今江苏苏州）人。弘治举人，任广东惠州府兴宁知县，嘉靖元年（1522年）官至应天府通判。嘉靖二年（1523年）因病致仕归里。与唐寅、文徵明、徐祯卿并称“吴中四才子”。与寅并以任诞为世指目。专攻书法，各体皆能。其楷书早年精谨，师法赵子昂、褚遂良，并从欧、虞而直追“二王”；草书师法李邕、黄庭坚、米芾，功力深厚，自成标格。善诗文。

唐　寅

涉案科场恨不平，
落花诗卷诉哀情。
亦疏亦淡输奇气，
辜负江南才子名。

唐寅（1470—1523），字伯虎，一字子畏，号六如居士，又号桃花庵主，苏州吴县（今江苏苏州）人。从沈周、周臣学画。弘治十一年（1498年）举人第一。会试时，牵涉科场舞弊案，下诏狱，谪为吏，耻不就。后游名山大川，以卖画为生。山水、人物、花鸟，无所不精。宁王朱宸濠厚礼聘之，寅察其有异志，佯狂而归。筑室桃花坞，与客日游宴其中。与沈周、文徵明、仇英合称“明四家”。其书法取法赵子昂，所作《落花诗册》丰润平和，俊逸秀雅。王世贞在《弇州山人稿》中评议：“伯虎书入吴兴堂庙，差薄弱耳。”诗文亦工。

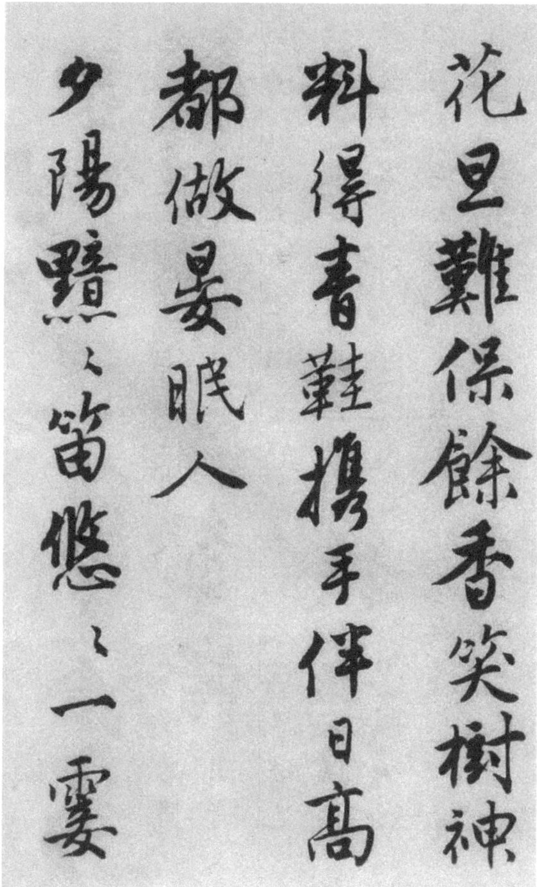

唐寅 落花诗册（局部）

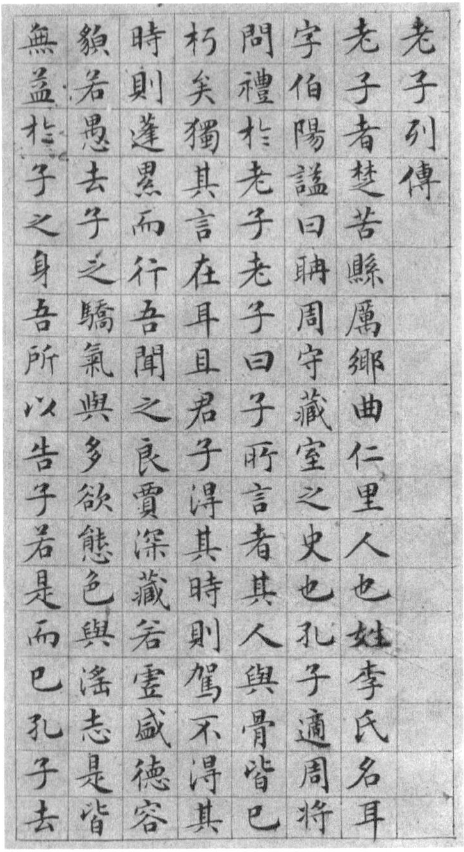

文徵明 老子列传（局部）

文徵明

多寿名高人共仰，端居闲适本冲虚。
精工群法光图史，最是蝇头细字书。

文徵明（1470—1559），初名壁，字徵明，后更字徵仲，号衡山居士，长洲（今江苏苏州）人。明正德末以岁贡生荐试吏部，授翰林待诏。为人谦和而耿介，不事权贵，尤不肯为藩王、中官作画。宁王朱宸濠慕名相聘，托病不赴。擅画山水，名重当时，与唐寅、沈周、仇英合称“明四家”。能诗，工行、草、隶书，尤精小楷。又熟元末明初故家遗老轶事，每与人言，历历如数家珍。晚年声誉卓著，求其书画者踏破门坎。享年九十岁。既卒，私谥“贞献先生”。著有《甫田集》。

王宠 行草扇面

王　宠

失手名场无奈抛，吟风啸月对堂坳。
飞鸣放笔惊前辈，赢得青眸折节交。

王宠（1494—1533），初名履仁，又更字履吉，号雅宜山人，苏州府吴县（今江苏苏州）人。为蔡羽门生。居洞庭三年，既而于石湖之滨读书二十年。生平八次科考皆名落孙山。由诸生贡入国子监。宠诗文书画皆精。书法初学蔡羽，后规范晋唐，楷书师智永、虞世南，行书学王献之，疏秀出尘，妙得晋法。其名与祝允明、文徵明并称。何良俊《四友斋丛说》评其书："衡山之后，书法当以王雅宜为第一。盖其书本于大令，兼之人品高旷，故神韵超逸，迥出诸人上。"诗尚风骨，有《雅宜山人集》存世。

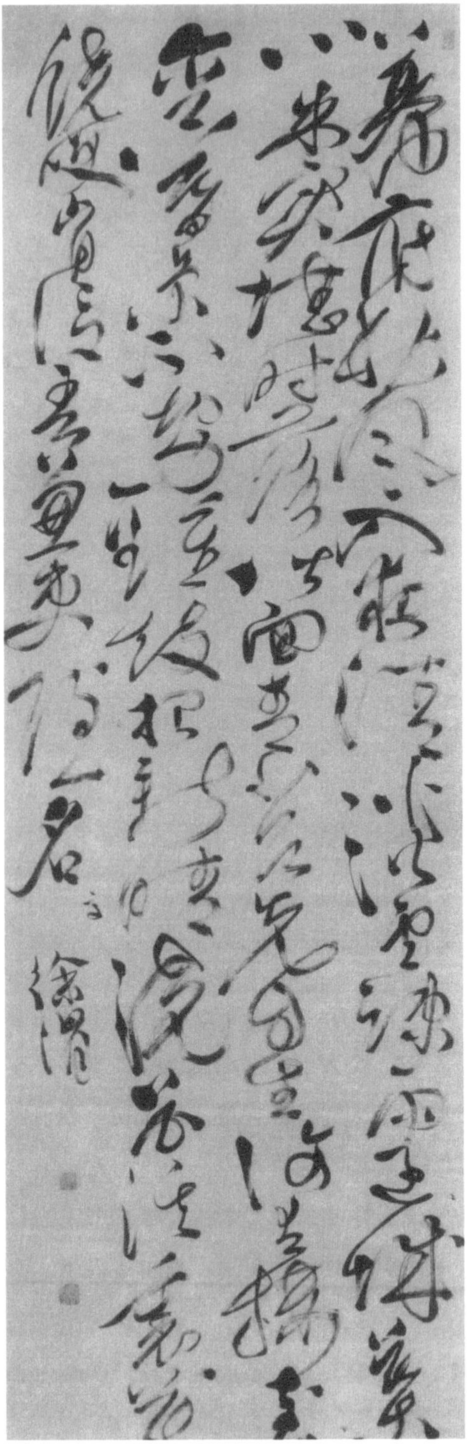

徐　渭

酸辛困厄老形骸，
呵壁问天心事乖。
一世不平飞笔底，
飙挥电洒豁孤怀。

徐渭（1521—1593），初字文清，后改字文长，号青藤道士、天池山人、白鹇山人、田水月，绍兴府山阴（今浙江绍兴）人。有盛名，天才超逸，诗文书画皆工。知兵好奇计，客胡宗宪幕，擒徐海，诱王直，皆预其谋。宗宪下狱，渭惧祸，发狂，自戕不死。又以击杀继妻，下狱论死，被囚七年，得张元忭救免。晚年贫甚，有书数千卷，斥卖殆尽。画擅水墨，淋漓恣纵，与陈淳并称“青藤白阳”。书长于行草，点画狼藉，气势磅礴，陶望龄赞其“有明一人”。著有《徐文长三集》《徐文长逸稿》《四声猿》《南词叙录》。今人辑有《徐渭集》。

徐渭　草杜甫怀西郭茅舍诗轴

董其昌 草书七绝扇面

董其昌

手眼超凡骨欲仙，香光笔致出天然。
虚冲朗秀无纤垢，一抹风华字外传。

董其昌（1555—1636），字玄宰，号思白，别号香光居士，谥文敏，松江华亭（今上海松江）人。明万历十七年（1589年）进士，授编修。天启时累官南京礼部尚书。以阉党柄政，请告归。崇祯四年（1631年）起故官，掌詹事府事。三年后致仕。工书法，初学颜真卿，又学虞世南，出入魏晋各大家，书风率易中得秀色，章法疏宕秀逸，名重当世，为一代大家。又擅山水画，远宗董源、巨然，近学黄公望、倪瓒，融其笔墨，自成清润明秀一格。画论标榜文人气息，以佛教宗派喻画史各家为“南北宗”，推崇“南宗”为文人画之正脉，影响波及至今。著有《画禅室随笔》《容台集》《画旨》《画眼》等。

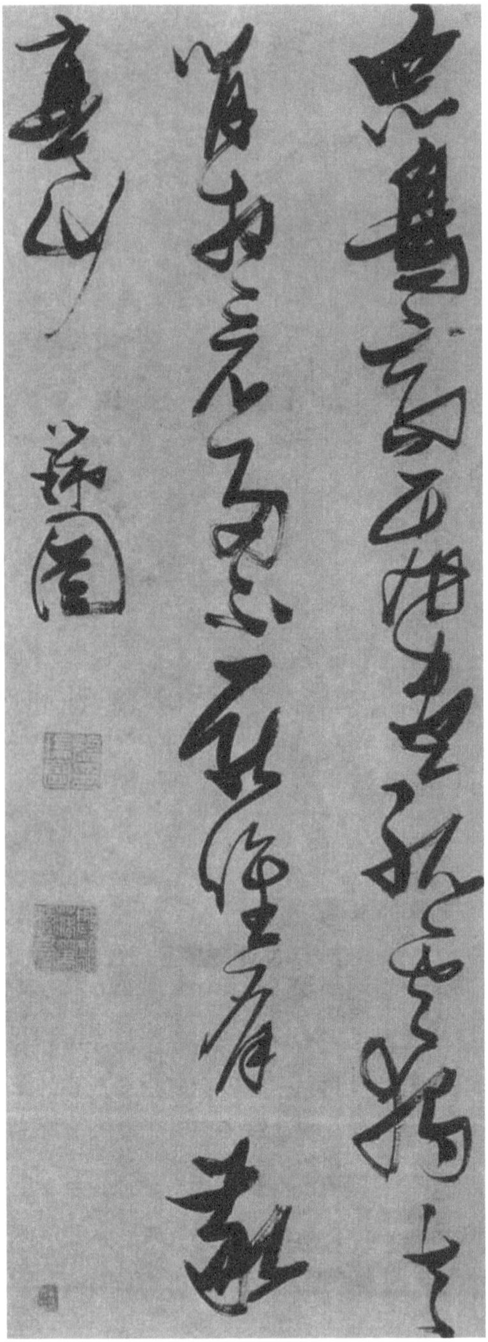

张瑞图　草书李白独坐敬亭山诗轴

张瑞图

立异标奇足咤嗟，
侧锋翻折化腾蛇。
抛开逆案论书艺，
等是朱明一大家。

张瑞图（1570—1641），字长公、无画，号二水，别号果亭山人、芥子、白毫庵主、白毫庵主道人等。泉州晋江（今福建泉州）人。明万历三十五年（1607年）进士第三（探花），授翰林院编修，后以礼部尚书入阁，晋建极殿大学士，加少师。崇祯三年（1630年），因魏忠贤生祠碑文多出其手，被定为阉党获罪罢归。与邢侗、米万钟、董其昌合称“明末四大书家”。其草书，用笔露锋铺毫，点画奇态横生，结字硬峭纵放，有风云之气。清秦祖永《桐阴论画》云：“（瑞图）书法奇逸，钟王之外，另辟蹊径。”

黄道周

清刚劲健笔如龙，
治学渊深一世宗。
临难捐身真国士，
石斋之外看无峰。

黄道周（1585—1646），字幼玄，号石斋，漳浦（今属福建）人。明天启二年（1622年）进士，授编修。以上疏指斥大臣杨嗣昌等被谪戍广西。福王即位，用为礼部尚书。南京陷，唐王即位福州，擢武英殿大学士。自请往江西图恢复，至婺源遇清兵，战败被执，不屈，顺治三年（1646年）被杀于南京大中桥。道周学问渊深，精天文历数诸术；为人严冷方刚，不谐流俗。著有《儒行集传》《春秋揆略》《太函经》《三易洞玑》《洪范明义》《石斋集》等。书法以魏晋为宗，行、草、真自成一家。行笔严峻方折，不谐流俗，一如其人。宋荦《西陂类稿》称："石斋先生楷法尤精……所谓意气密丽，如飞鸿舞鹤，令人叫绝。"

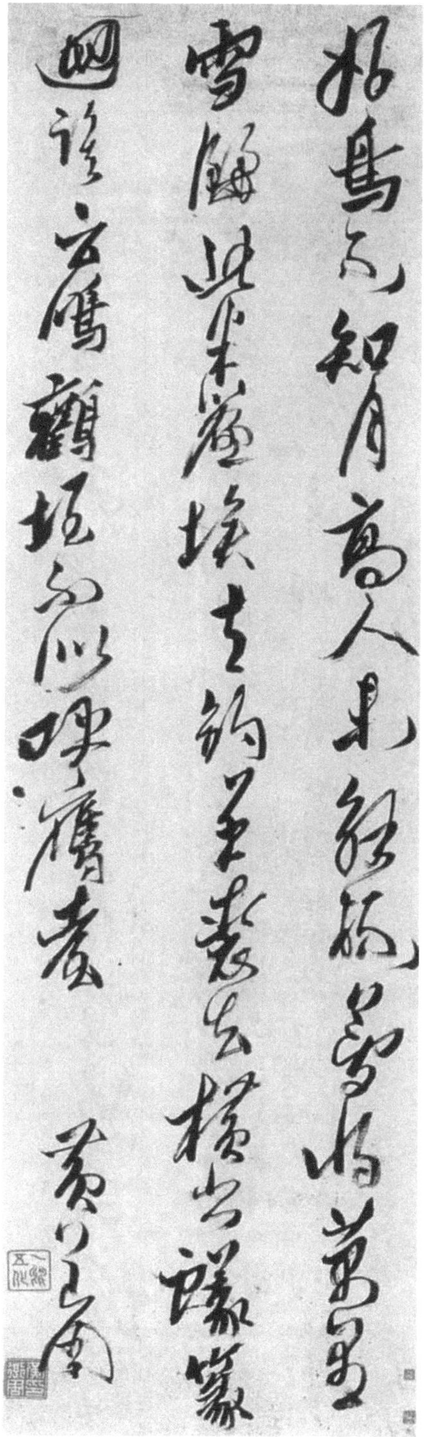

黄道周 好鸟不知月五言诗轴

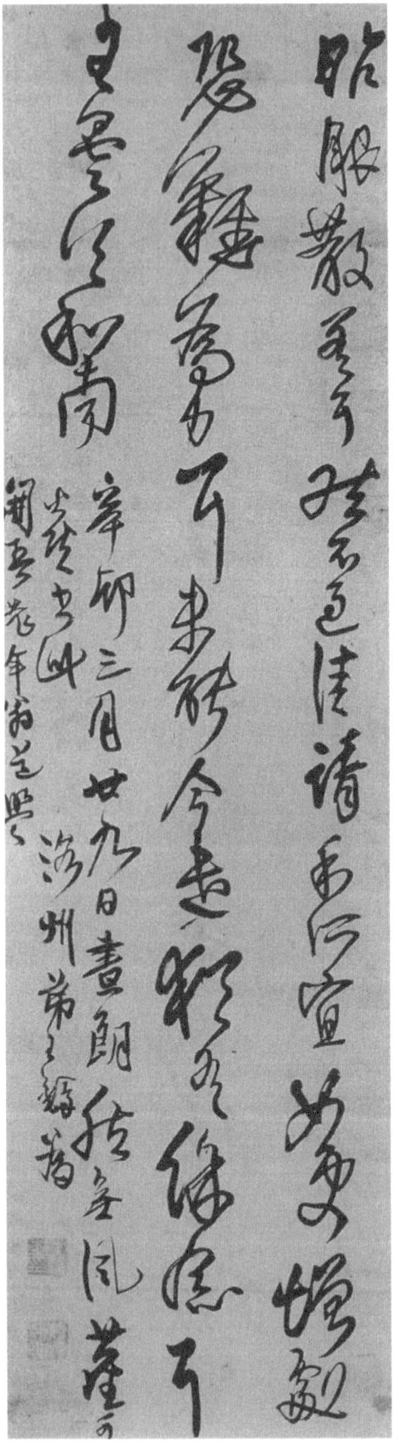

王　铎

神笔英姿卓荦风，
飞腾跳掷伴沉雄。
贰臣落寞孤怀冷，
独向字林争事功。

王铎（1592—1652），字觉斯，一字觉之，河南孟津人，世称“王孟津”。明天启二年（1622年）进士，入翰林院庶吉士，累擢礼部尚书。崇祯十六年（1643年），王铎为东阁大学士。清军入关后，授礼部尚书、官弘文院学士，加太子少保。清顺治九年（1652年）于故里病逝，谥“文安”。觉斯博学好古，工诗文。书宗山阴父子，世称“神笔王铎”。其行草书笔力雄健，张弛有度，痛快淋漓，尤长于布白。有《拟山园帖》《琅华馆帖》等传世。

王铎　临王昙首昨服散帖

倪元璐 澜园招饮诗扇面

倪元璐

逸姿异态生新理，踵武锥沙屋漏痕。
忠义贞刚流笔底，锋棱四露贵苍浑。

倪元璐（1594—1644），字汝玉，号鸿宝，浙江上虞人。明天启二年（1622年）进士，授翰林编修。崇祯初，疏攻魏忠贤遗党，为东林辩诬。崇祯八年（1635年），累进国子祭酒，后为温体仁所忌挤，落职。崇祯十五年（1642年），起为兵部右侍郎兼侍读学士，次年，拜户部尚书兼翰林学士。虽勤于职事，而时势已去，亦无计可施。李自成克北京，遂束带向阙，谢毕天子，以帛自缢身亡。谥“文正”，清廷谥“文贞”。元璐书法灵秀神妙，时以渴笔相杂，行草尤超逸。法王右军、颜真卿，以气骨见长，新理异态尤多。清吴德旋《初月楼论书随笔》评曰：“明人中学鲁公者，无过倪文正。”

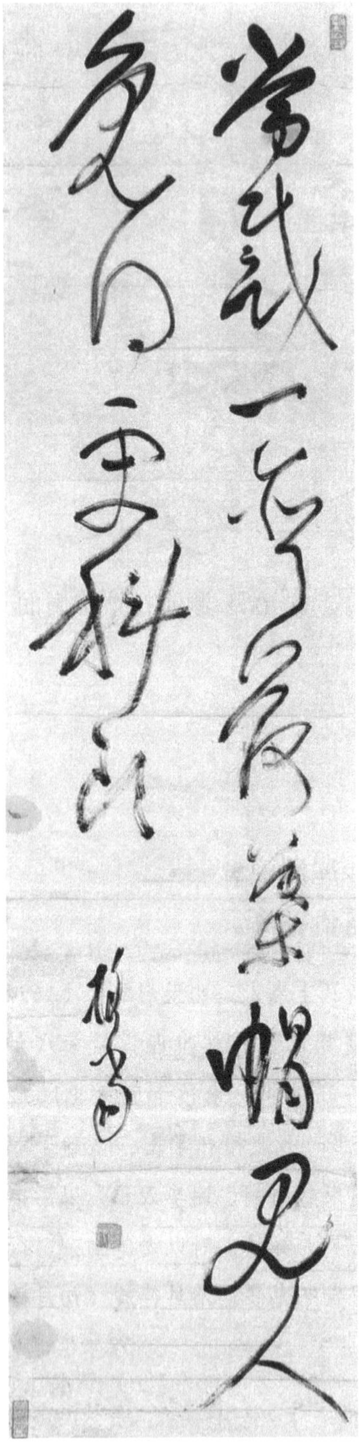

释担当

清奇古澹驻毫端，
逸致高情手眼宽。
遍数当时云水侣，
滇中一鹤耀层峦。

释担当（1593—1673），名普荷，又名通荷，号担当，云南晋宁人。俗姓唐，名泰，字大来。明天启诸生。曾师事董其昌。明亡后削发为僧，隐居鸡足山。人称“云中一鹤”“南中高士”。为人志存气节，放浪形迹，飘逸有奇气。擅诗。书法学董其昌。其书天真纵逸，气韵高秀，信笔挥洒皆浑成入妙。山水画学倪瓒，风格荒率纵放。有《修园集》《橛庵草》存世。

释担当 七言诗句立轴

破　山

诗联偈语尽玄微，
任笔从心信手挥。
此是狂禅真本色，
圆融无碍溢天机。

破山（1597—1666），字懒愚，俗姓蹇，四川大竹人。少聪慧，力学精勤。十九岁削发为僧，法名海明，号旭东。明末清初禅宗大师，临济宗第三十一世，重庆梁平双桂堂开山祖师，为西南禅宗领袖。其弟子遍及云、贵、川，并远及东南亚，世称“小释迦”。工诗文书画，尤善行草书。其草书力遒气足，挥洒自如，充溢勃勃生机。启功尝言：“破山多大书行草，往往单幅中书诗二句，不以顿挫为工，不作姿媚之势，而其工其势，正在其中。冥心任笔，有十分刻意所不能及者。”又作诗曰：“憨山清后破山明，五百年来见几曾。笔法晋唐元莫二，当机文董不如僧。”有《双桂草》《破山海明禅师语录》行世。

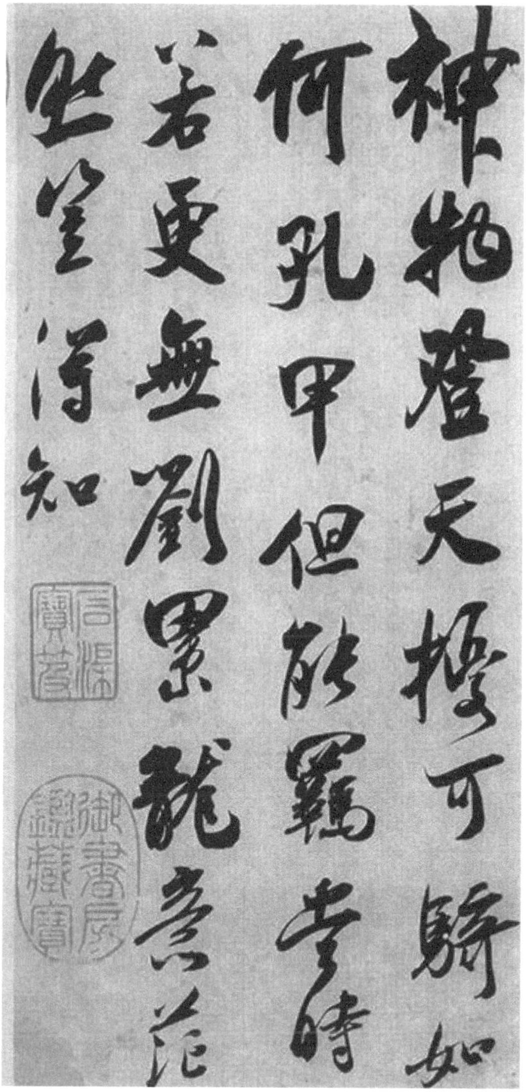

破山 草书七言联

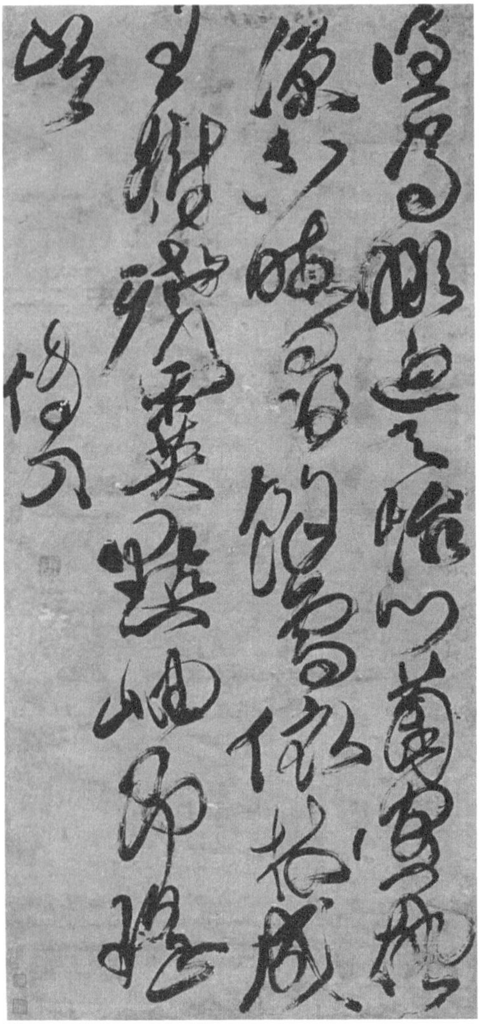

傅山 七言诗帖

傅 山

凛然气节耀云岑，
学究天人志士心。
四宁哲思谁与共，
乱头粗服吐奇音。

傅山（1607—1684），字青竹，后改青主，号朱衣道人等，山西阳曲人。明末诸生。于学无所不通，经史之外，兼通先秦诸子，又长于书画医学，清初通儒无出其右者。家素饶，甲申（1644年）后居土穴养母，仰视天俯画地者二十年。天下大定，始以黄冠朱衣自放，稍稍出土穴与客接，然不事生产，家因中落，幸资医术以自活。康熙中征举博学鸿词，被迫舁至北京，以死拒不应试，特授中书舍人，仍托老病辞归。顾炎武极服其志节。其书篆、隶、正、草俱佳。弱冠学晋唐人楷法皆不能效，及得松雪、香光墨迹，爱其圆转流丽，稍临之遂乱真，于是复学颜，尝语人学书之法：“宁拙毋巧，宁丑毋媚，宁支离毋轻滑，宁真率毋安排。”著有《霜红龛集》《傅青主女科》《傅青主男科》等。

郑 簠

手握岐黄济世平，访碑不惜诊资倾。
八分笔势融行草，字字欲飞鸿阵横。

郑簠（1622—1693），字汝器，号谷口，江苏上元（今江苏南京）人。行医为业，终生不仕。遍习汉碑，直至晚年。为访山东、河北汉碑，倾尽家资，收藏汉碑拓片，家藏碑刻拓片有四大橱。其嗜碑如此，故孔尚任在《郑谷口隶书歌》中云：“汉碑结癖谷口翁，渡江搜访辨真实。碑亭冻雨取枕眠，抉神剔髓叹唧唧。”其隶书奔逸超纵，神采奕扬，尤善书大字。

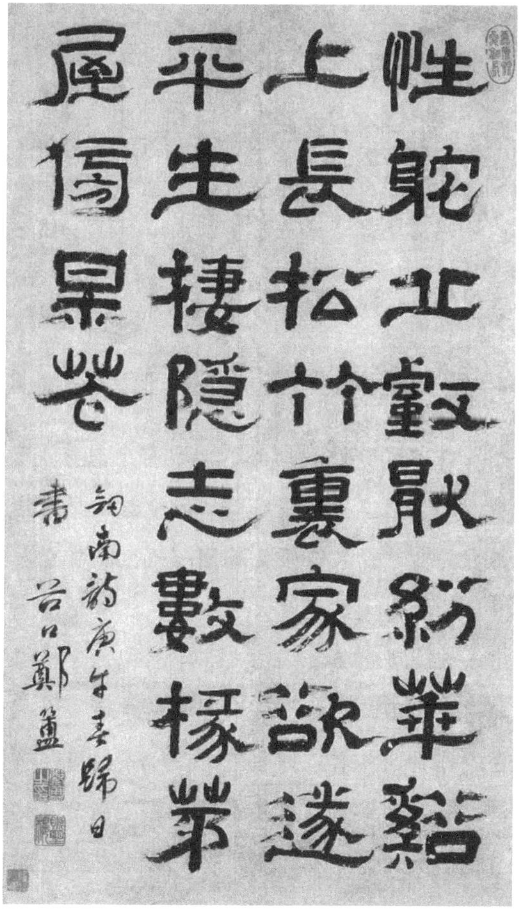

郑簠 隶书剑南诗轴

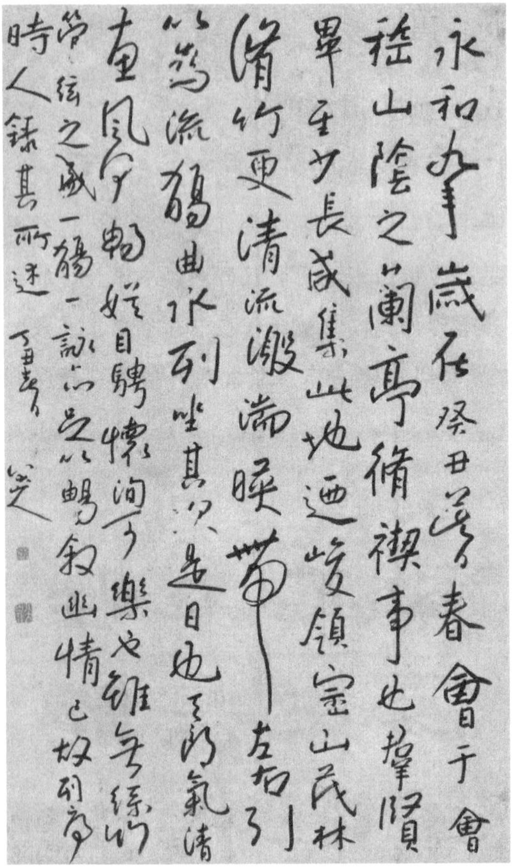

朱耷　行书临河序

朱　耷

河山非是旧山河，
哭笑难分梦呓多。
蹈隐高踪残月冷，
唯凭笔墨战悲魔。

朱耷（1626—1705），字雪个，号八大山人、个山、人屋、道朗等，江西南昌人。为明宁王朱权后裔。幼绝慧，早事诸生业。明亡，甫弱冠，佯装喑哑。后薙发为僧，释名传綮，曾藏《八大人觉经》，遂自号八大山人，或谓寓“四方四隅，皆我为大，而无大于我也”；又谓其署名，喜以草书连缀笔画，视之，八大山人有似哭字笑字，山人二字有似之字，合而读之，类哭之笑之，皆隐约有玩世之意。居山二十年，称宗师，从学者百余人。其后，清廷诏举博学鸿词，临川县令胡亦堂闻其名，迎入官舍，心不愿就，佯发狂疾，走还南昌。晚年，归隐青云谱，筑寤歌草堂以居。卒后，葬于新建县中庄（今属南昌新建）。书法初学董其昌，后出入魏晋，典雅萧散，深得钟王气韵，作草尤怪伟。

金　农

华山天发两兼师，古奥重新炫巧奇。
独创漆书成别格，扬州首怪自难移。

金农（1687—1763），字寿门、司农、吉金，号冬心先生、稽留山民、曲江外史、昔耶居士、寿道士等，浙江仁和（今浙江杭州）人，布衣终身。中年遍游南北，卒无所遇而归。晚寓扬州，卖书画自给。为“扬州八怪”之首。工于诗文书法，诗文古奥奇特，并精于鉴别。书法创扁笔书体，兼有楷、隶体势，时称“漆书”。年五十余始学画。其画造型奇古，善用淡墨干笔作花卉小品，尤工画梅。著有《冬心先生集》《冬心先生随笔》《冬心先生杂著》等。

金农 漆书七言联

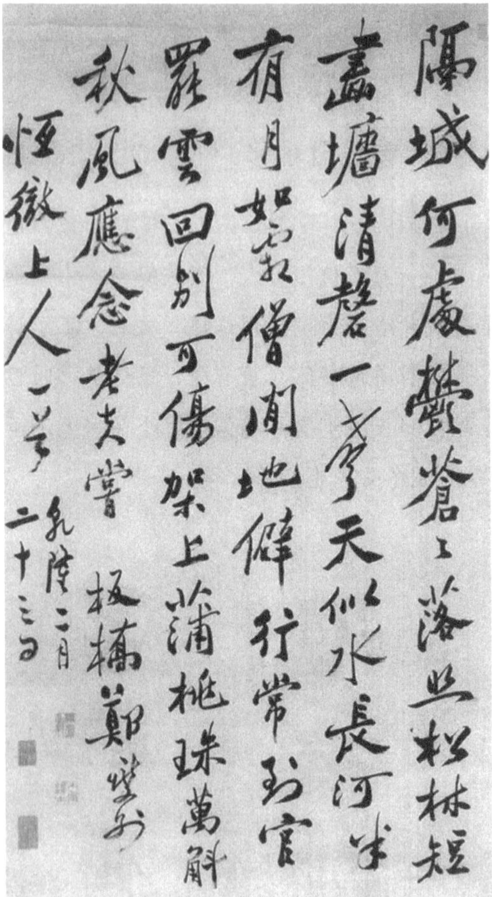

郑燮 行书诗轴

郑 燮

隶入真行画意牵，铺街乱石巧周旋。
直挥横扫生惊怪，雅俗由人万口传。

郑燮（1693—1765），字克柔，号板桥，又号樗散人，江苏兴化人。为康熙秀才、雍正举人、乾隆进士。历官山东范县、潍县知县，有惠政。以请赈饥民忤大吏，乞疾归。作官前后均居扬州，以书画营生，为“扬州八怪”之一。诗书画均旷世独立，人称三绝，亦工词。尤擅写兰竹，风格劲峭。书亦有别致，以隶体参入行楷，自称“六分半书”。有《郑板桥全集》传世。

刘墉 行书四言联

刘 墉

声名久享亦何稀，书比坡公更茁肥。
世以体丰为福泽，帝宸高处借清辉。

刘墉（1719—1804），字崇如，号石庵，山东诸城人。刘统勋子。乾隆十六年（1751年）进士。历官陕西按察使、湖南巡抚、内阁学士，三迁吏部尚书、体仁阁大学士，加太子太保。工书善文，名盛一时。与成亲王、翁方纲、铁保为“清代四大书家”，尤善小楷。博通经史，精研考辨。书法专用浓墨，自成一家，名满天下。然康有为赞其书“集帖学之大成”令人费解，实过誉之论也。卒谥“文清”，入祀贤良祠。有《石庵诗集》存世。

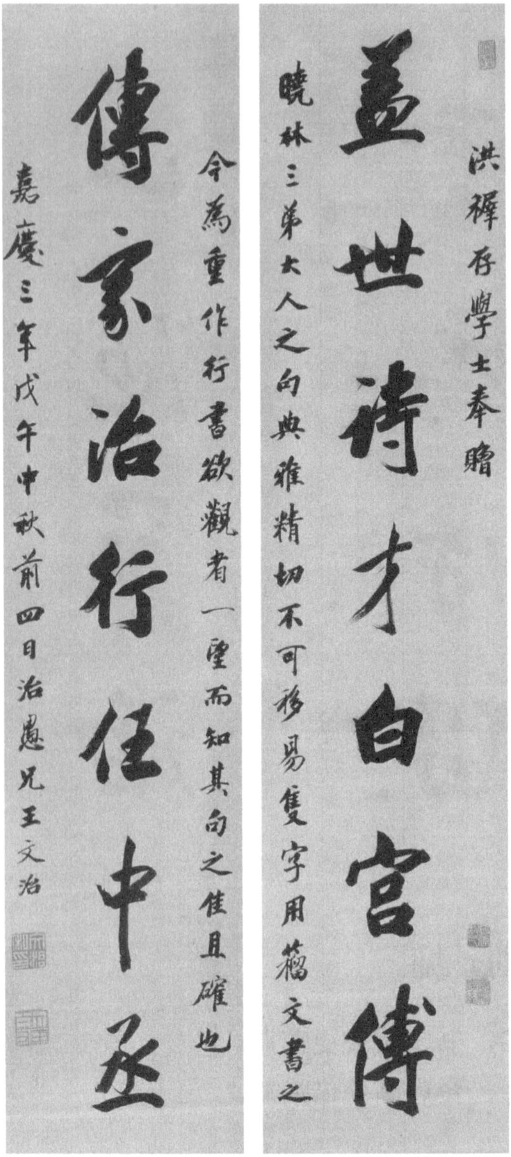

王文治 行书盖世传家联

王文治

三梁鼎足声名远，
不及江南王梦楼。
兼得思翁松雪髓，
姜芽透性见优游。

王文治（1730—1802），字禹卿，号梦楼，江苏丹徒（今江苏镇江）人。曾随翰林侍读全魁至琉球。乾隆二十五年（1760年）进士，授编修，擢侍读，官至云南临安知府。罢归，自此无意仕进。工书法，以风韵胜。其书法得董其昌神髓，与梁同书齐名。然有“天下三梁（指梁同书、梁巘、梁国治），不及江南一王”之说。喜用淡墨，以示潇疏秀逸之神韵，时称“淡墨探花”“淡墨翰林”。诗词自成一家，并精音律之学。年未五十，即究心佛学。著有《梦楼诗集》《快雨堂题跋》等。

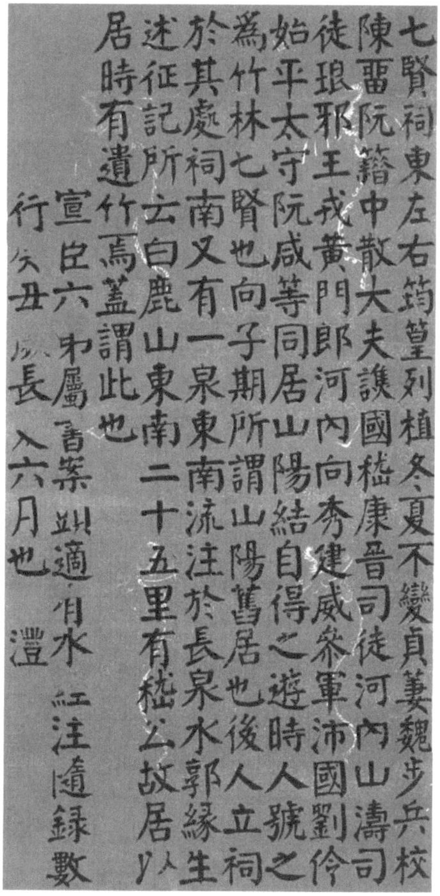

钱沣 楷书节录水经注轴

钱 沣

艺品吞毡踵鲁公，霜台玉马古今同。
惊心胆气豪无敌，并入柔毫楮墨中。

钱沣（1740—1795），字东注，一字约甫，号南园，云南昆明人。乾隆三十六年（1771年）进士。《清史稿》赞其以直声震海内。曾疏言和珅为军机，办事不遵制度，因授稽察军机处之任。和珅知其家贫裘薄，凡劳苦事多委之，遂积劳成疾而死。平生仰慕颜真卿为人，书亦法之，然得其神而不袭其貌，堪称“后世学颜第一人”。其大楷书气魄宏伟，笔力遒劲；行书则风神独绝，力透纸背。后人辑有《钱南园先生遗集》。

邓石如

一介布衣吞吐虹，踵兴碑学树宗风。
兼赅四体差高下，篆隶巍然旷世雄。

邓石如（1743—1805），原名琰，字顽伯，号完白山人、笈游道人、古浣子，安徽怀宁人。生于寒门。嗜酒工书，篆刻饶古趣。书法各体皆工，为清代碑学书家巨擘，擅长四体书。其篆书初学李斯、李阳冰，后学《禅国山碑》《三公山碑》《天发神谶碑》、石鼓文以及彝器款识、汉碑额等。以隶法作篆，突破千年玉箸篆樊篱，为清代篆书开辟新境。隶书自汉碑来，结体紧密，貌丰骨劲，大气磅礴。篆刻以小篆入印，雄浑古朴，刚健婀娜，世称“邓派”。

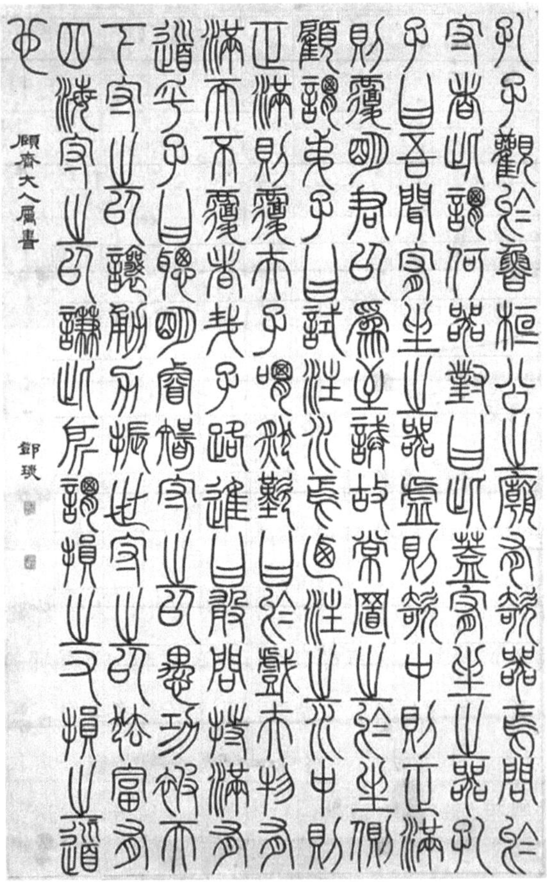

邓石如　篆书文

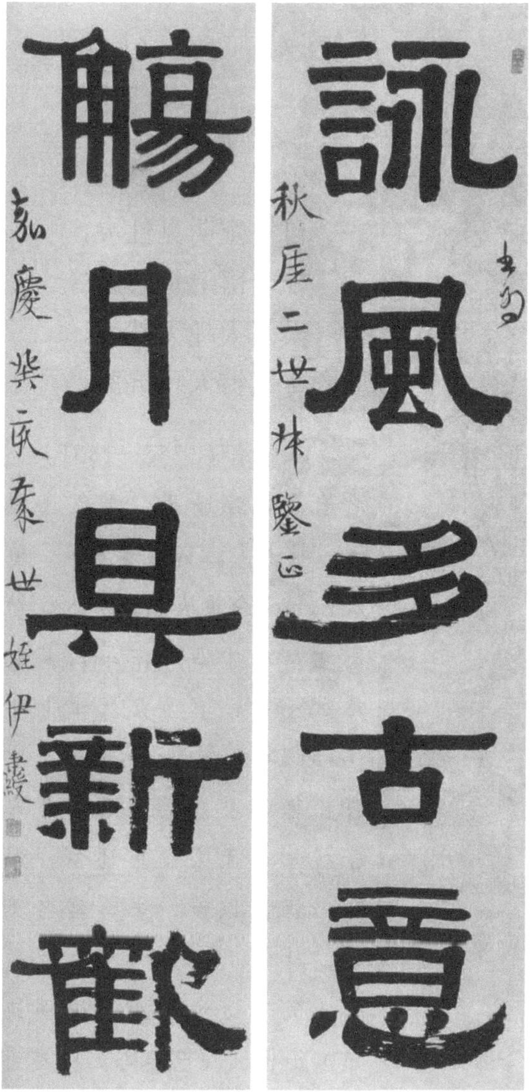

伊秉绶 隶书咏风觞月五言联

伊秉绶

倒衣食檗漫堆盘，
扶弱锄强黎庶安。
此等庙堂真气象，
龙威虎振入毫端。

伊秉绶（1754—1815），字祖似，号墨卿，晚号默庵，福建宁化人。乾隆五十四年（1789年）进士，授刑部主事，迁员外郎。受大学士朱珪与纪晓岚器重，拜纪为师，又拜刘墉为师习书。嘉庆初，出任广东惠州知府，铲除掳人勒赎的土匪。后调江苏扬州知府。以廉吏善政著称。五十四岁时因父病死，去官奉棺回乡，扬州数万市民泣泪送别。后扬州人于“三贤祠”（祀欧阳修、苏轼、王士祯）中并祀伊秉绶，改称“四贤祠”。工书，尤精篆隶，精秀古媚。其隶书超绝古格，尤放纵飘逸，自成高古博大气象，遂使清季书法，放一异彩。亦工诗古文。著有《留春草堂诗》《坊表录》《修齐正论》。

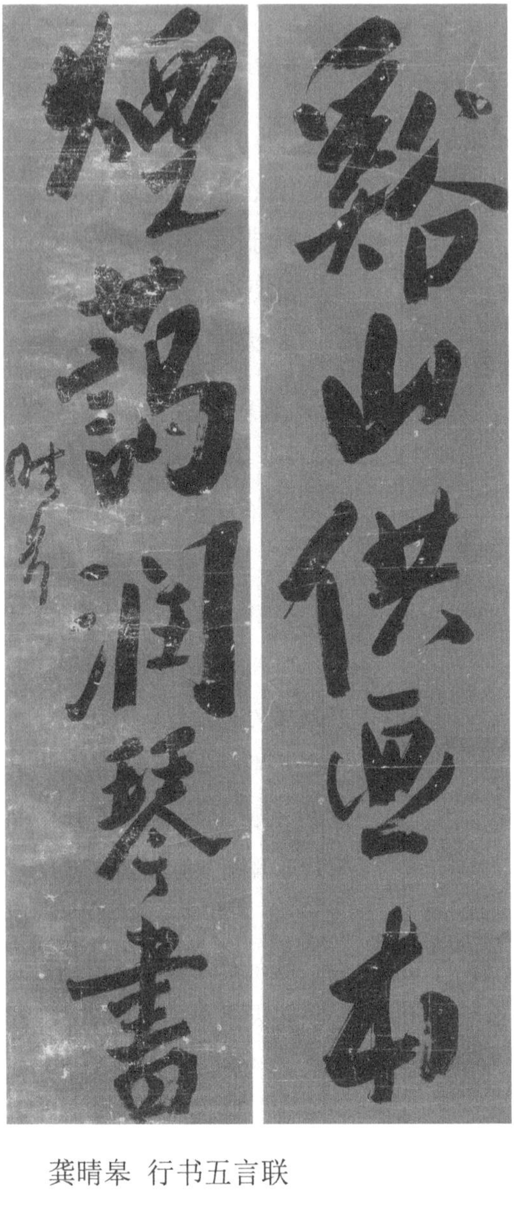

龚晴皋　行书五言联

龚晴皋

自性空明见性灵，
神全落笔每忘形。
天真天趣天然合，
奇气惊人日绕庭。

龚晴皋（1755—1831），名有融，字晴皋，号绥山樵子、拙老人、避俗老人等。重庆巴县（今重庆巴南）人。幼聪颖，二十四岁中举，其后屡试不中，直至嘉庆十七年（1812年）方于“大挑选”中任山西崞县知县。后因开罪于抚军，无奈辞官还乡，潜心书画。以诗、书、画名于世。时有“家无晴皋字，必是俗人家”之说。有《退溪诗集》传世。《巴县志》称其为“县三百年来极高逸文艺之誉者”。晴皋书取法王、欧，出于家学，又参以碑法。其书直抒胸臆，元气淋漓，天趣横生。郭尚先赞其“作大字纵横有奇气，当其合作，往往似通明鹤铭”。

阮　元

一代文宗著锦书，
博通精识入渊虚。
派分南北共推许，
玉兔毫挥惜不如。

阮元（1764—1849），字伯元，号芸台、雷塘庵主，晚号怡性老人，江苏仪征人。乾隆五十四年（1789年）进士。先后任礼部、兵部、户部、工部侍郎，山东、浙江学政，浙江、江西、河南巡抚及漕运总督，湖广、两广及云贵总督等职。历乾隆、嘉庆、道光三朝。为官清廉，善察民情，为民解忧。为官所至以提倡学术振兴文教为自任。生平著述弘富，兼工书，尤擅篆隶。于经史、数学、天算、舆地、编纂、金石、校勘俱有精深造诣，被尊为三朝阁老、九省疆臣、一代文宗。所著《南北书派论》《北碑南帖论》，力倡北碑，影响至深。校刊《十三经注疏》《文选楼丛书》，纂辑《经籍纂诂》《积古斋钟鼎彝器款识》《两浙金石志》等，汇刻《学海堂经解》，自著有《揅经室集》。

阮元 隶书临乙瑛碑

陈鸿寿　隶书六言联

陈鸿寿

走檄飞章立就才，
八分奇诡拊嗟哉。
锋棱力透溢天趣，
脱尽恒蹊生面开。

陈鸿寿（1768—1822），字子恭，号曼生、曼公、翼盦、种榆仙客等，浙江钱塘（今浙江杭州）人。嘉庆六年（1801年）拔贡。曾任赣榆知县、溧阳知县、江南海防同知。据记载："阮元抚浙时，方筹海防，鸿寿随元轻车往返，走檄飞章，百函立就。"善书画，尤工篆刻，为"西泠八家"之一。书法长于行、草、篆、隶诸体。行书峭拔隽雅，分书开张纵横，独步有清一代。有《种榆仙馆摹印》《种榆仙馆印谱》行世，并著有《种榆仙馆诗集》《桑连理馆集》。

包世臣

艺舟双楫世争传，
宏论滔滔合太玄。
可惜眼高怜腕弱，
自标第一笑掀天。

包世臣（1775—1855），字慎伯，晚号倦翁，又自署白门倦游阁外史、小倦游阁外史，安徽泾县人。泾县于东汉时曾分置安吴，慎伯旧居接近其地，故称安吴先生。嘉庆十三年（1808年）举人。官江西新喻知县。因劾去官。工书法，详论古人书法得失，雅重北碑，自成一家之言。善经世致用之学，尤详河漕盐政，主张兴西北水利，又预见英国发动侵略战争之危。先后为江苏省督抚陶澍等幕僚。少年力学，工词章。有经济大略，喜谈兵。工诗，五古最佳。学书三十年，自负之极，自称“右军第一人”。论书法尤精，所作《艺舟双楫》为书学巨著。有《中衢一勺》《管情三义》《小倦游阁文稿》等传世。

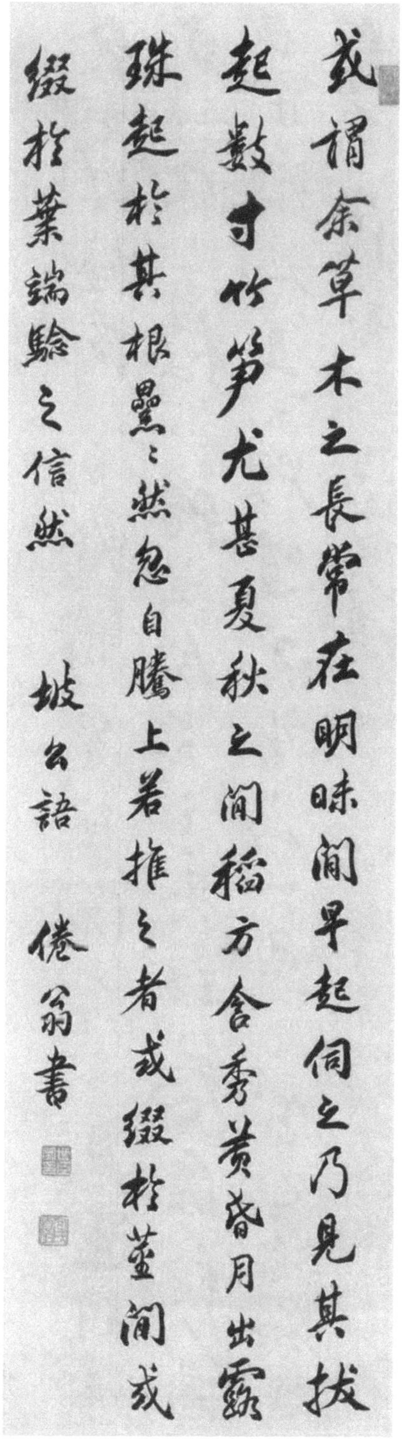

包世臣 录坡公语立轴

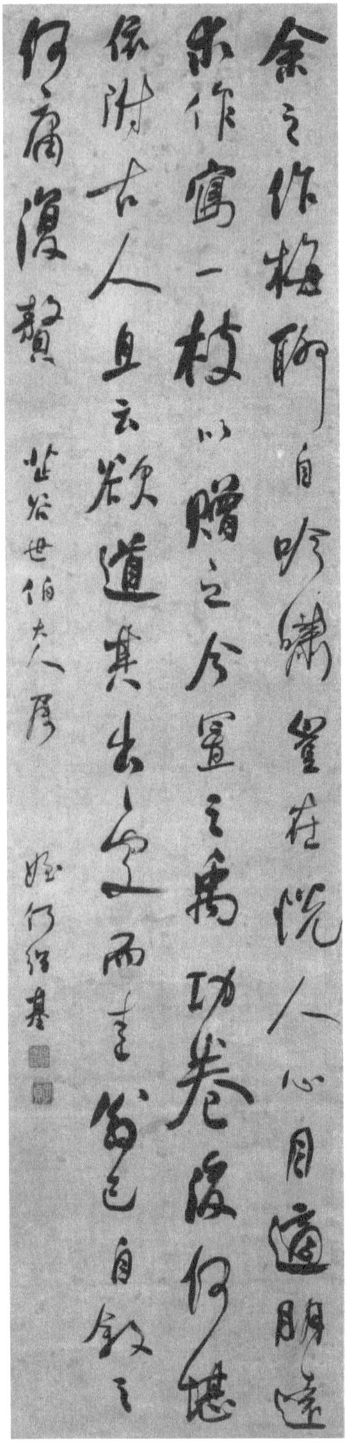

何绍基

精勤入古帖兼碑，
自运神明意守持。
豪饮健游飞逸气，
三湘灵秀蕴英奇。

何绍基（1799—1873），字子贞，号东洲，别号东洲居士，晚号蝯叟，湖南道州（今湖南道县）人。清道光十六年（1836年）进士。咸丰初简四川学政，曾典福建等乡试。历主山东泺源、长沙城南书院。生平豪饮健游，多历名山胜地，拓碑访古。工经术词章，尤精于说文考订之学并金石碑版文字。据《大戴记》考证《礼经》。书法初学颜真卿，上溯周秦、两汉篆隶，下至六朝南北碑拓，骏发雄强，独具面目。晚年则隶篆真行融为一体，为清末碑学大家。著有《惜道味斋经说》《东洲草堂诗钞》《说文段注驳正》等。

何绍基 题梅花诗

赵之谦

天资人力两相涵，
古刻倾心朝夕探。
融魏入行开一派，
金生玉润且同参。

赵之谦（1829—1884），初字益甫，号冷君，后改字叔，号铁三、憨寮，又号悲盦、无闷等。浙江会稽（今浙江绍兴）人。咸丰九年（1859年）举人。五应会试不第。因誊录劳历署鄱阳、奉新、南城知县。孤愤激越，不谐于世。诗古文书画篆刻俱享高名。书法初学颜真卿，篆隶法邓石如，后自成一格，奇倔雄强，别出时俗。著有《悲盦居士文》《悲盦居士诗》《勇庐闲诘》《补寰宇访碑录》《六朝别字记》《国朝汉学师承续记》《二金蝶堂印谱》等。

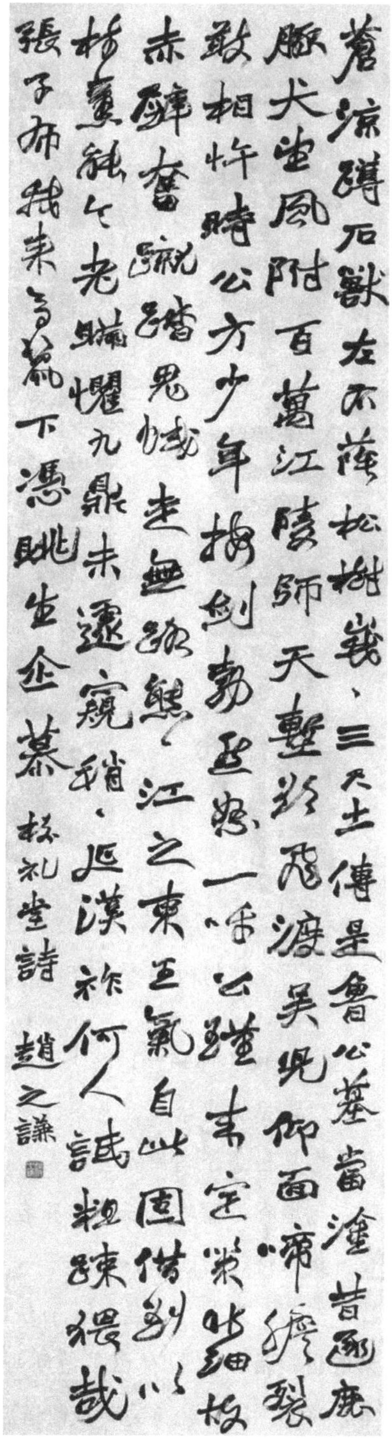

赵之谦　行书校礼堂诗轴

吴昌硕 隶书村里家中五言联

吴昌硕

石鼓精严誉望崇，
铜琶铁板劲如弓。
英豪不在身躯伟，
别有襟怀气自雄。

吴昌硕（1844—1927），初名俊，又名俊卿，字昌硕，又署仓石、苍石，多别号，常见者有仓硕、老苍、老缶、苦铁、大聋、缶道人、石尊者等，浙江省孝丰县鄣吴村（今湖州安吉）人。长期寓居上海。其人极矮小，然书画印俱大气鼓荡。与虚谷、蒲华、任伯年齐名，合称“清末海派四杰”。杭州西泠印社首任社长。集“诗、书、画、印”于一身，融“金、石、书、画”为一炉，被誉为“石鼓篆书第一人”。于绘画、书法、篆刻皆领一时风骚。另，于诗文、金石亦有精深造诣。后人出版有《吴昌硕画集》《吴昌硕作品集》《苦铁碎金》《缶庐近墨》《缶庐印存》《吴苍石印谱》等。

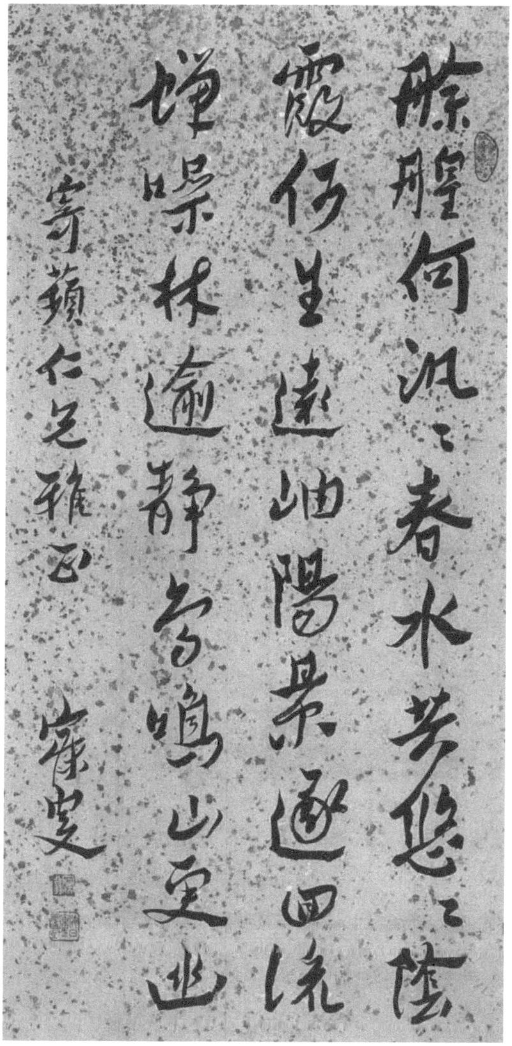

沈曾植 行书王籍入若耶溪诗轴

沈曾植

一代通儒余事研，
蹲锋积势气虓然。
帖筋碑骨生新理，
异态奇氛欲接天。

沈曾植（1850—1922），字子培，号乙盦，晚号寐叟，浙江嘉兴人。光绪六年（1880年）进士，授刑部主事，迁郎中。宣统二年（1910年）辞官。入民国，在沪为寓公。博古通今，学贯中西，以“硕学通儒”蜚声中外，誉称“中国大儒”。诗沉博奥邃，为同光体魁杰。有《海日楼诗》《海日楼文集》《曼陀罗寱词》传世。早精帖学，得笔于包世臣，壮年嗜张裕钊，后熔南北书流于一炉。以草书著称，体势飞动朴茂，纯以神行，颇获时誉。

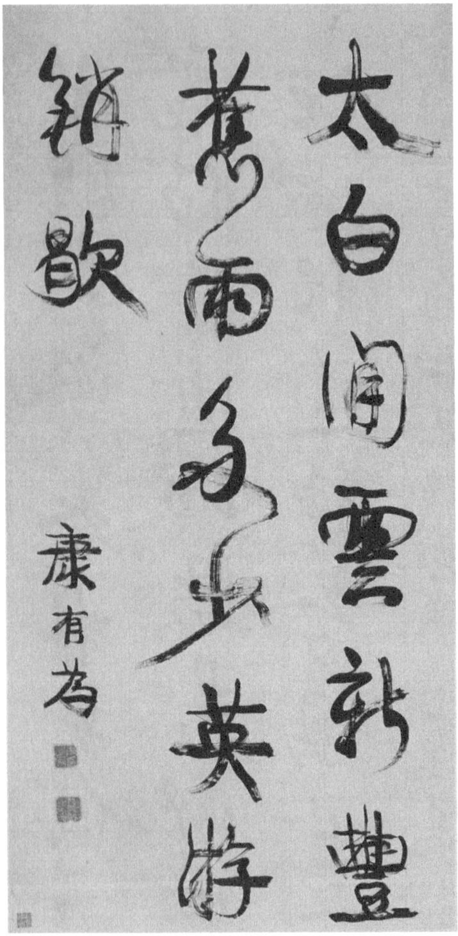

康有为 行书太白闲云中堂

康有为

身逐维新旷代豪，
卑唐抑帖论滔滔。
平生毁誉翻然去，
天马云龙万里翱。

康有为（1858—1927），原名祖诒，字广厦，号长素、明夷、更甡、西樵山人、游存叟、天游化人，广东南海人，人称“康南海”。光绪二十一年（1895年）进士。会试前发起“公车上书”，要求拒签《马关条约》，变法图强。授工部主事，未就。在京创办强学会。清德宗召见问对，因宣布变法。戊戌政变事发，流亡香港，又辗转日本及欧美各国，组保皇会，主张君主立宪。入民国，任孔教会会长。治公羊学，借古改制言变法改良。工政论文。著作有《康子篇》《春秋董氏学》《孔子改制考》《大同书》《广艺舟双楫》《康南海先生诗集》等。书法早年能作恭楷，后力倡北碑，所作气势开张、苍浑大气，为一世之豪。

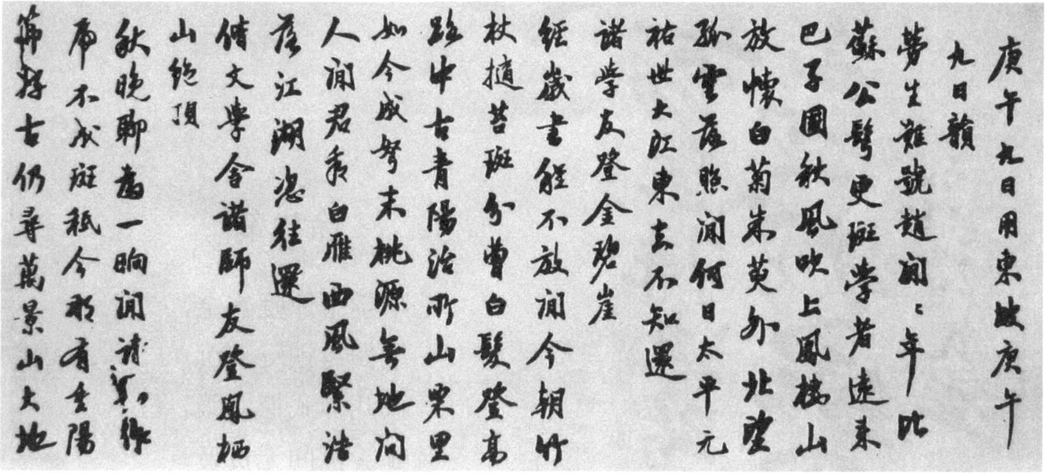

赵熙 行书苏轼留题延生观后山上小堂诗立轴

赵 熙

诗书原不愧高名，援笔千篇一世倾。
豪杰挺然风气外，百年独举赵尧生。

赵熙（1867—1948），字尧生，号香宋，四川荣县人。清光绪十八年（1892年）进士。授翰林院国史馆编修，转官监察御史，以抗直敢言著称清季。民国后，退居荣县，修志讲学外，唯以读书吟咏为事。蜀中“五老七贤”之一，世称“晚清第一词人”。尧生多才艺，工诗，善书，间亦作画。诗篇援笔立就，风调冠绝一时。偶撰戏词，传播妇孺之口，蜀传有“家有赵翁书，斯人才不俗”之谚。尧生禀过人之资，运灵奇之笔，书风秀逸挺拔，融诸家为一体，陈兼与称其“书法最工，初为帖学，近小欧阳，后泛涉汉魏诸碑，于北魏之张猛龙，尤有入处。故所作峻整栗密，而又气骨森张，近百年间，罕有与并”。有《赵熙集》传世。

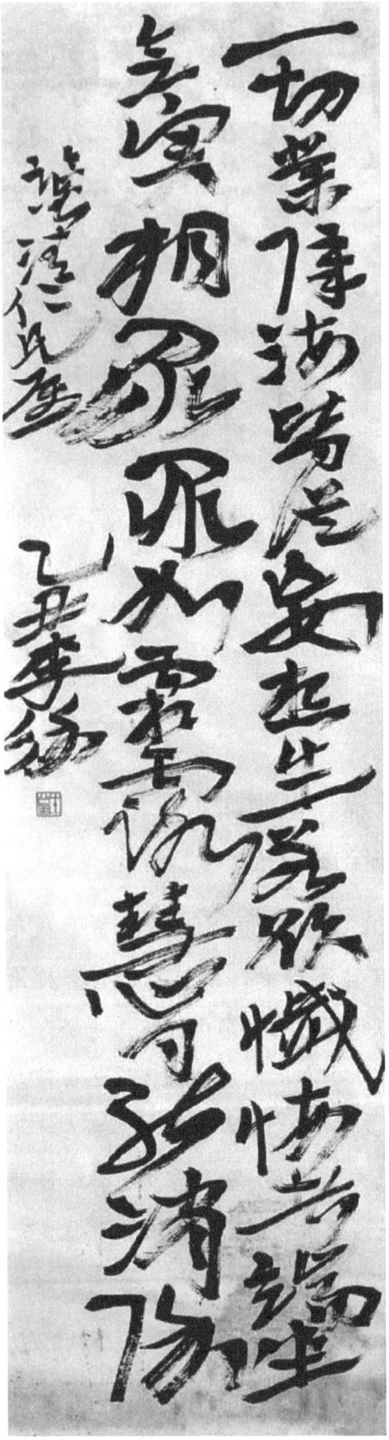

徐生翁

早学平原晚吉金，
笔如铸铁气沉沉。
孩儿体式惊人眼，
哪管世间无赏音。

徐生翁（1875—1964），早年姓李，名徐，号生翁，中年以李生翁书署，晚年始复姓徐，仍号生翁，浙江绍兴人。曾任浙江省文史馆馆员。一生以鬻书画为生，生活清寒而狷介自适，数十年足不出绍兴，不求闻达，以布衣终天年。书法精楷、隶，由颜真卿入手，上溯晋魏汉秦，尤得力于北朝碑版，主张以书外功夫充实书艺。所作格调高古，朴实无华而有奇逸矫纵之气，时人号为“孩儿体”。能篆刻、绘画，风格一如其书。《美术丛刊》《中国书法》有专题介绍。

徐生翁 行书立轴

于右任

家国深情骨欲融，
清操落落溢长空。
人书两品一时冠，
装点江山思此翁。

于右任（1879—1964），原名伯循，字右任，号骚心，以字行，陕西三原人。早年入同盟会。民国时期任职于国民党政府，担任国民军联军驻陕总司令、国民政府审计院长、监察院长等职。1949年去台湾。1962年1月24日，于右任作歌："葬我于高山之上兮，望我大陆。大陆不可见兮，只有痛哭！葬我于高山之上兮，望我故乡。故乡不可见兮，永不能忘。天苍苍，野茫茫，山之上，国有殇。"其乡思之苦，尽在其中而成千古绝唱。其书早年学赵子昂、"二王"，后专攻魏碑。其行草书卓然自立，融碑帖于一炉，笔酣墨饱，精气内蓄，自开一派。著有《右任诗存》《右任文存》《右任墨存》《标准草书》等。

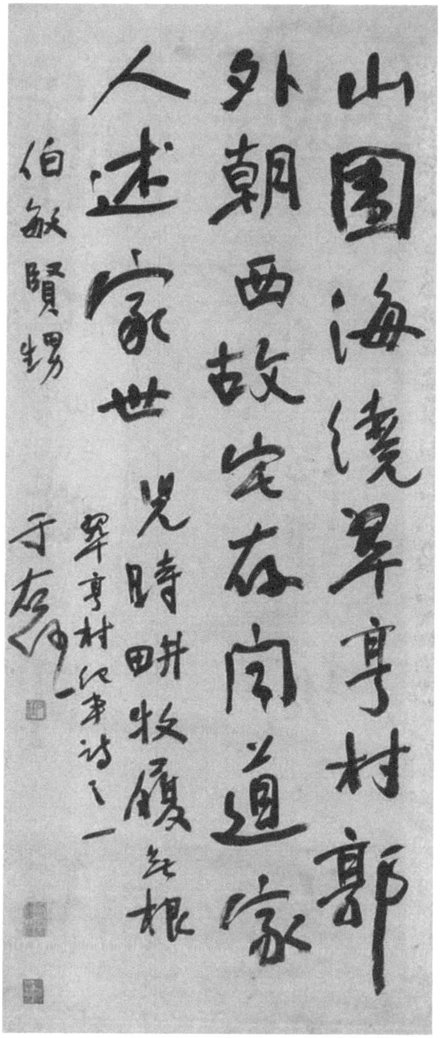

于右任 行书翠亨村纪事诗之一诗轴

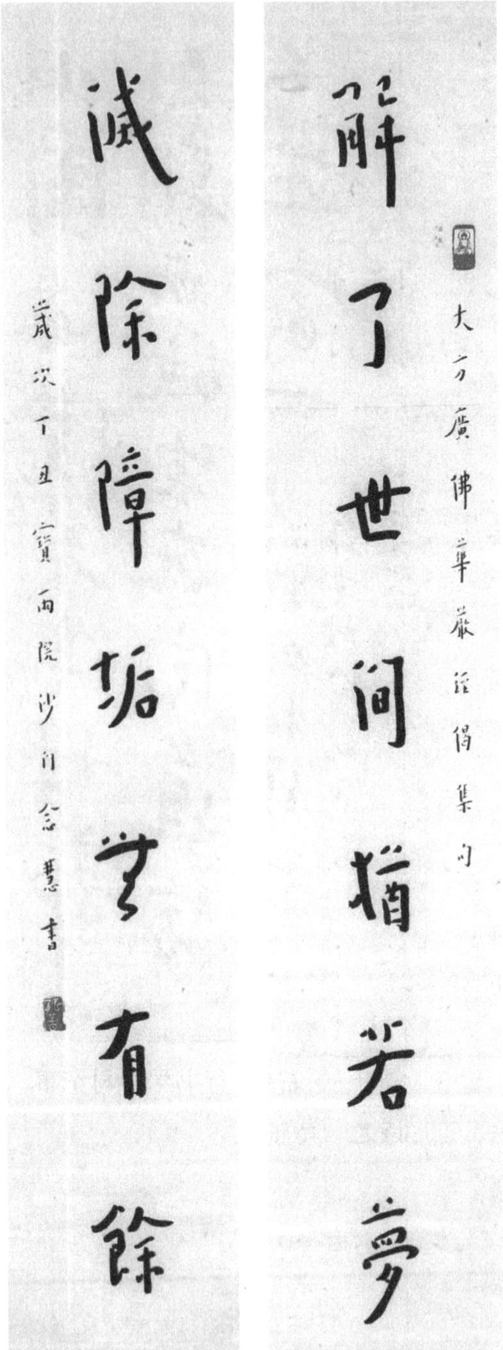

李叔同　解了灭除七言对联

李叔同

阅尽繁华慧命身，
菩提心手证悲辛。
曩年浊世佳公子，
却是清庄拔俗人。

李叔同（1880—1942），初名文涛，改名岸，又名广侯、成蹊，字息霜，号叔同。浙江平湖人，生于天津。光绪二十七年（1901年）就读于南洋公学经济科。后留学日本，于上野美术专门学校习油画。之后，加入同盟会，于东京组织春柳社，编演戏剧。归国，任教于浙江两级师范、南京高等师范等校。1918年在杭州虎跑寺出家，法名演音，号弘一，晚号晚晴老人。多才艺，集诗词、音乐、戏剧、文书画印于一身。为南社社员。诗好作长短不齐之句，奇趣洋溢。词豪婉兼具。有《弘一法师文钞》行世。今人辑有《李叔同诗全编》。其书洗尽铅华，境界极高。晚年之作，愈见清寂超逸，明净安详。

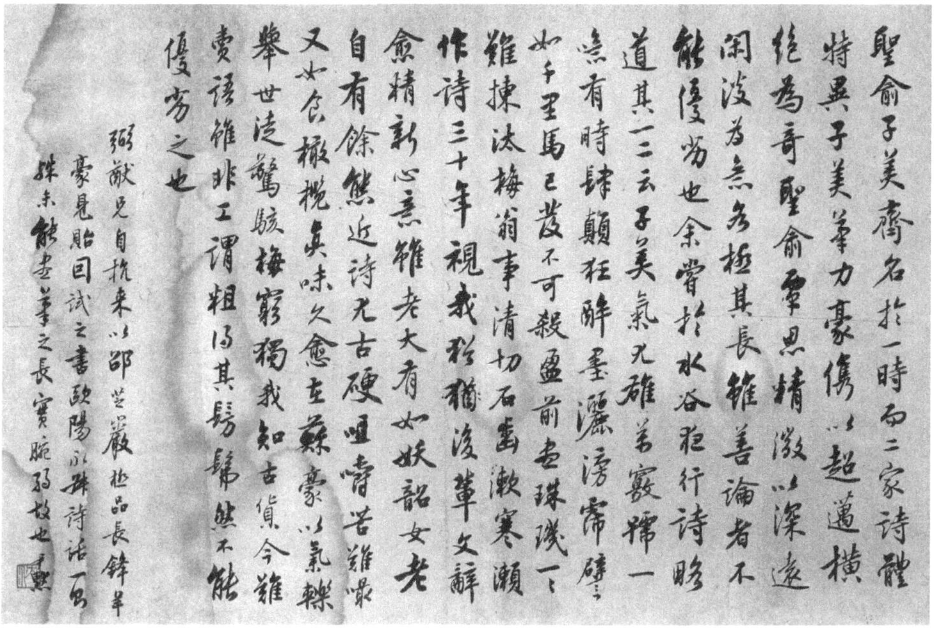

沈尹默 欧阳修诗话单片

沈尹默

学者诗家雅士风，何妨巨匠老雕虫。
翩然逸致生花笔，领袖群伦记首功。

沈尹默（1883—1971），原名君默，浙江吴兴（今浙江湖州）人。早年留学日本，历任北京大学教授、北平大学校长。1949年后任中央文史研究馆副馆长。初以诗名，为五四新文化运动主将，陈独秀见其诗曰：“诗很好，但字则其俗在骨。”由是攻书并声名鹊起。民国初年，有“南沈北于”之称。平生为推动书法教育不遗余力，居功至伟，世所同钦。且以一己之力，破除书坛向来由碑学霸占之局面，终使现代书坛成碑帖并峙之格局。识者尊为现代帖学启蒙者及开派人物。其书从米南宫经智永、虞世南、褚遂良、怀仁等上溯“二王”书，清隽秀朗，笔致翩翩。有《秋明室杂诗》《秋明长短句》行世。

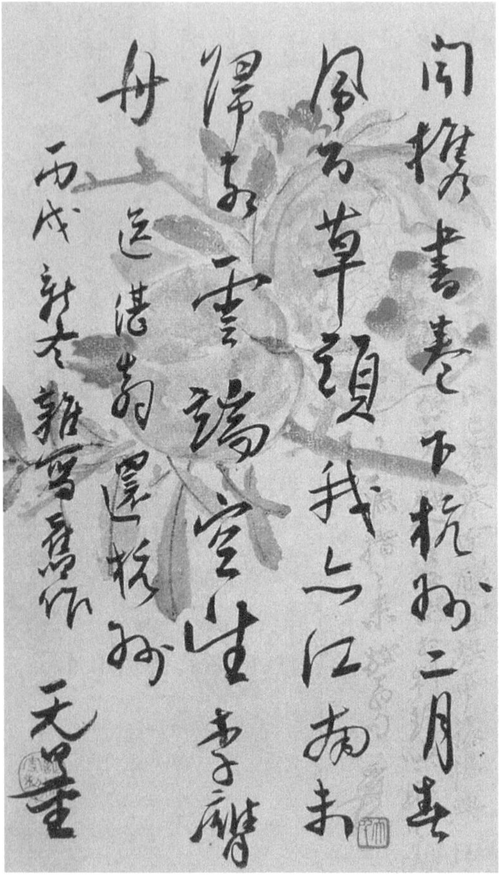

谢无量　行草诗札

谢无量

含贞挺秀摘仙才，
拈笔水流花自开。
唾玉钩银俱拔俗，
师心守拙似婴孩。

谢无量（1884—1964），原名蒙，字大澄，号希范，后易名沉，字无量，别署啬庵，四川乐至人。早年与李叔同、黄炎培等同入南洋公学。清末任成都存古学堂监督。民国初期于孙中山大本营任秘书长、参议长、黄埔军校教官等职。1949年后，任川西博物馆馆长、中国人民大学教授、中央文史馆副馆长等职。在学术、诗文、书法诸领域皆允为一代大家。其书天真烂漫，骨健神清而又气韵超凡。著有《佛学大纲》《伦理学精义》《老子哲学》《王充哲学》《朱子学派》《诗学指南》《诗经研究》《中国古田制考》《再论李义山》《诗经研究与注释》等。出版有书法集《谢无量自写诗卷》《谢无量书法》（上下册）及诗集《青城杂咏》。

刘孟伉

名士风规绝比俦，
居然戎马战泸州。
兵销革偃奇情跃，
笔底清刚迈众流。

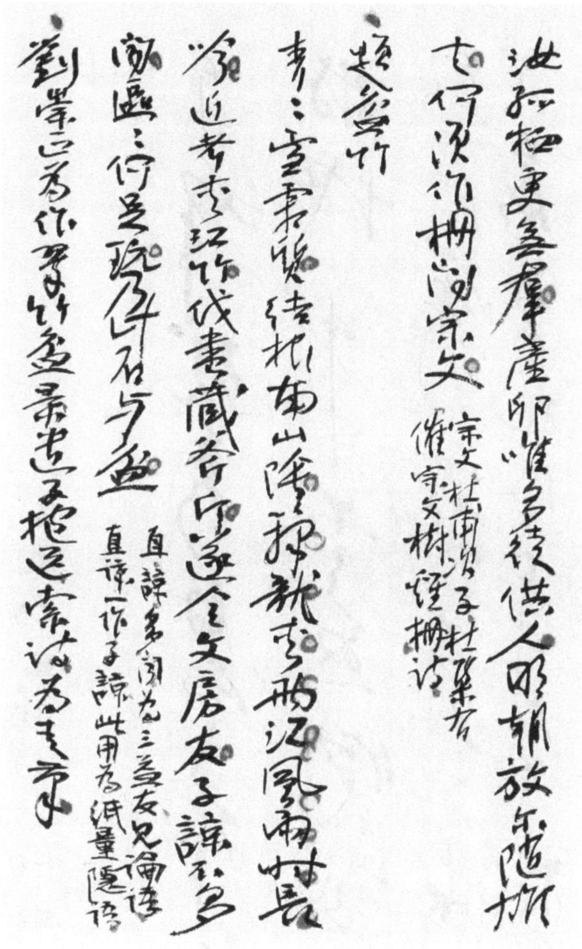

刘孟伉 自书诗稿

刘孟伉（1894—1969），原名贞健，字孟伉，别号呓叟，重庆云阳人。五岁丧母。先入私塾开蒙，后随其长兄刘贞安习经史、书法、诗词、篆刻等。孟伉天资颖悟，耽嗜典籍，以十年之功，研读儒家经典十三经。1926年参加泸顺起义。事败，于川东地区从事教育工作，先后任中共万县中心县委委员、川东游击队七南支队队长、川东行署副秘书长、四川省文史馆副馆长及馆长等职。书法着力于颜真卿、欧阳通、北魏《郑文公碑》并熔冶篆隶，形成刚健挺拔、瘦硬通神、奇趣横溢之个人面目。主编《杜甫年谱》，著有《刘孟伉诗词选》等。

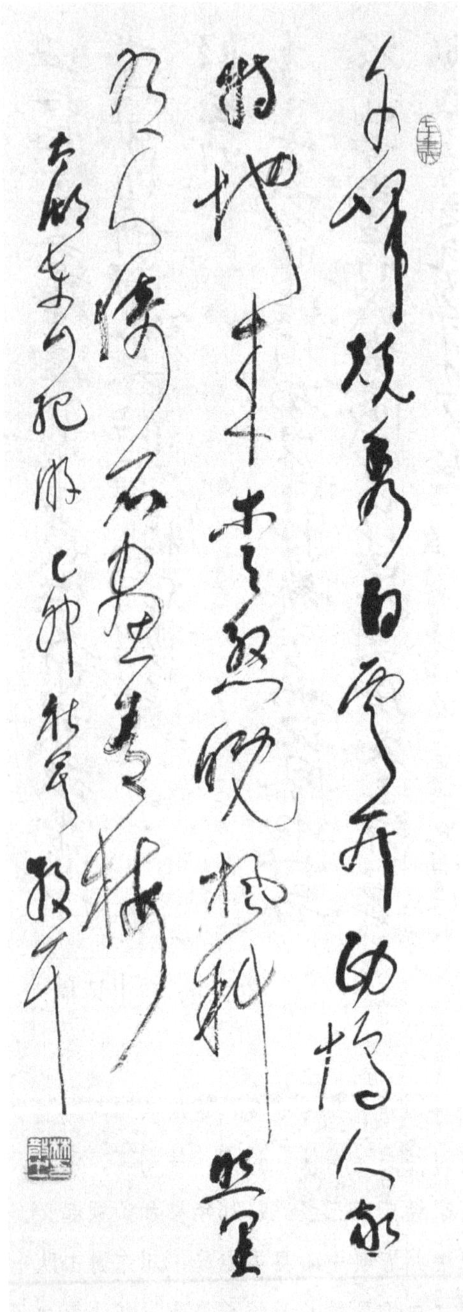

林散之 太湖东山纪游

林散之

眼寓山川景象宽，
胸撑子史握金丹。
长锋搅得龙蛇舞，
成佛升天托逸翰。

林散之（1898—1989），名霖，又名以霖，字散之，号散耳、江上老人等。祖籍安徽和县，生于江苏江浦（今南京浦口）。六岁入塾，少师范柳堂、范培开、张栗庵习诗书。后赴上海师黄宾虹学画，遵黄宾虹嘱“师古人，更要师造化”。费时八月，遍游名山大川，行程一万六千余里，得画稿八百余幅，诗二百首。后归江上草堂教书为生。1949年后曾任江浦县副县长，后入江苏省国画院任专职画师，复任江苏省书协名誉主席。其草书以王羲之为宗，以释怀素为体，以王觉斯为友，以董其昌、祝允明为宾。蜚声海内外，有“当代草圣”之称。著有《江上诗存》。

王蘧常

在手霜毫似戟戈，
势如香象渡恒河。
平生隶草尊魁首，
古气森然耐琢磨。

王蘧常（1900—1989），字瑗仲，号明两，别号涤如、欣欣老人，浙江嘉兴人。幼时，其伯父王步青授以《文字蒙求》等训蒙读物，并教以执笔“描红”。继读四书并毛诗。七岁即耽读韩愈、柳宗元文章，作诗十余首，有“神童”之称。后从沈曾植学，授以“去俗就异”，于其治学、艺事影响至深。1920年入无锡国学专修馆。1927年去上海，执教于光华、大夏、交通、复旦等大学。于书，晚岁究心汉简，欲熔汉简、汉帛、汉陶于一冶，拓展章草之领域。其书在日本享誉极高，人称“古有王羲之，今有王蘧常”。文史哲艺俱通，著述宏富。

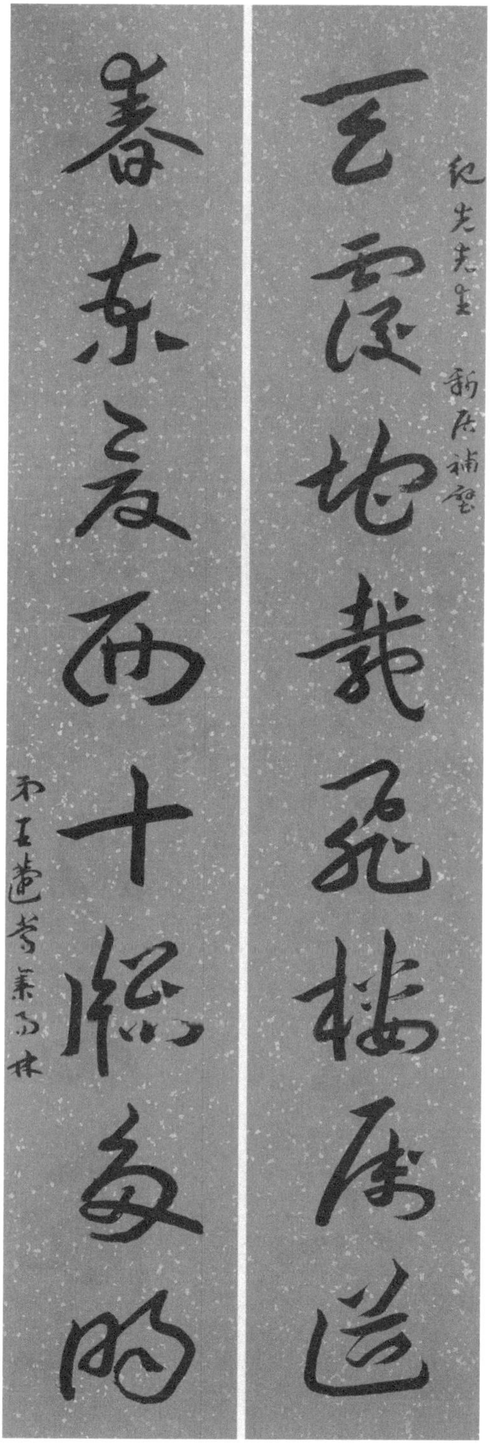

王蘧常 草书八言联

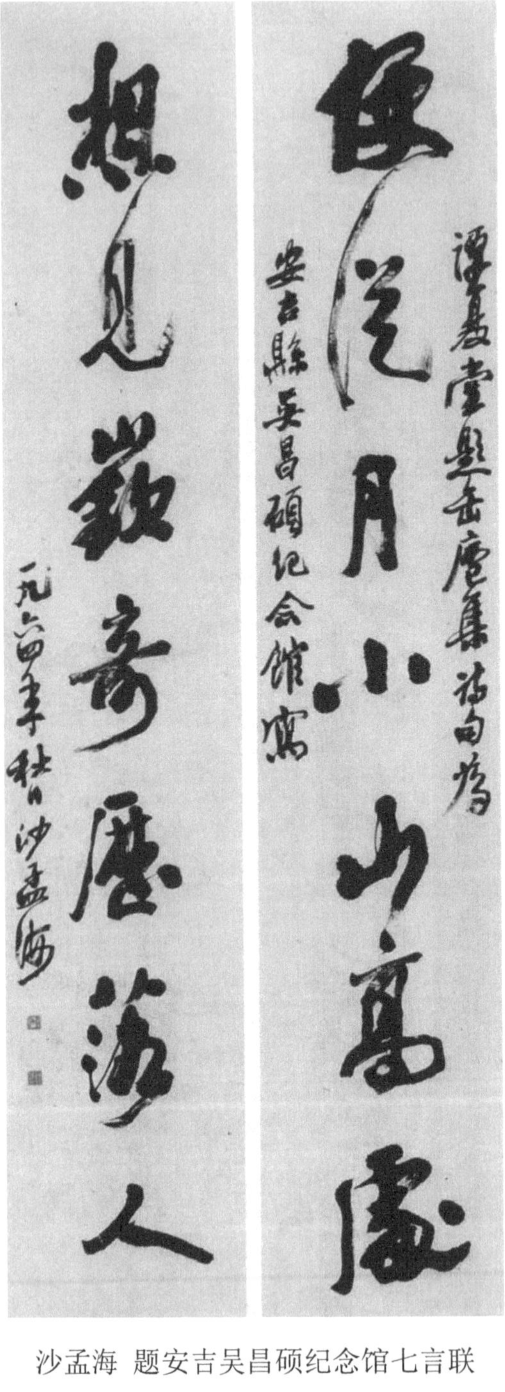

沙孟海 题安吉吴昌硕纪念馆七言联

沙孟海

黉堂设帐作先驱，
润物深心驰九衢。
海内擘窠书第一，
雄浑气象即今无。

沙孟海（1900—1992），原名文若，字孟海，号石荒、沙村、兰沙、决明，以字行，浙江鄞县（今浙江宁波鄞州）人。曾就读于慈溪锦堂学校、宁波浙江省立第四师范学校。尝从冯君木、陈屺怀习古文字学，从吴昌硕、马一浮等习书法篆刻。曾任国立中山大学预科国文教授，民国教育部秘书，浙江大学中文系教授，浙江省文物管理委员会常务委员，浙江美院书法篆刻专业教授、硕士生导师，西泠印社社长，西泠书画院院长，浙江省博物馆名誉馆长，中国书协副主席，浙江省书协主席等。其书广涉篆、隶、真、行、草各体，晚年尤精行草并擘窠书，墨饱笔酣，势大力遒，吐气如虹。

陶博吾 行书孤鹝

陶博吾

卓尔清风在野身，
诗家心性意弥真。
悲凉落寞藏幽愤，
流注毫端尽绝尘。

陶博吾（1900—1996），原名陶文，字博吾，别署白湖散人，江西彭泽人。1926年考入南京美专，从沈溪桥、梁公约、谢公展等习书画。1929年考入上海昌明美专，师从黄宾虹、王一亭、潘天寿、诸闻韵、贺天健等。又从曹拙巢习诗文。生性淡泊，不求闻达。书法绘画沉雄厚重、古奥拙朴，诗文情感真挚、意境超远。著述颇丰，有《习篆一径》《石鼓文集联》《散氏盘集联》《博吾诗存》《博吾词存》《博吾联存》《题画诗抄》《博吾随笔》等行世。于书，真草隶篆四体皆能，然以大篆、行书为最。

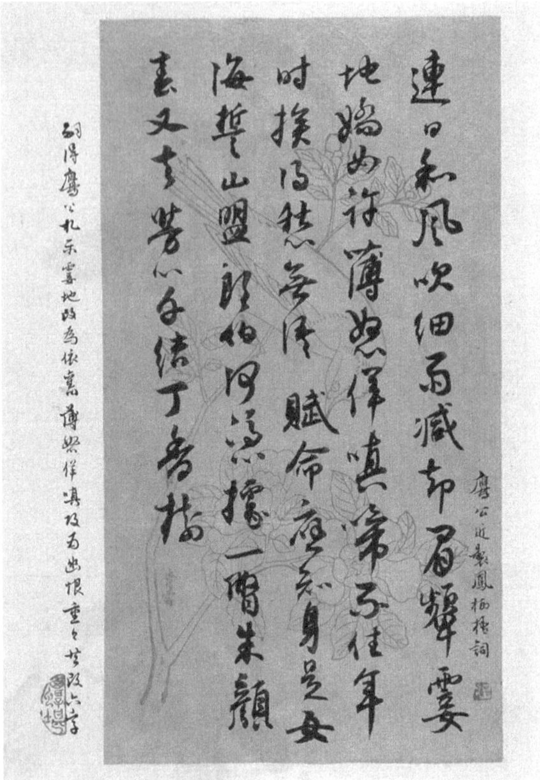

潘伯鹰 行书凤栖梧词笺

潘伯鹰

北碑入帖笔凌凌，学褚功深敢自矜。
人海微澜垂世味，才名籍甚岂虚称。

潘伯鹰（1904—1966），原名式，字伯鹰，后以字行，号凫公、有发翁、却曲翁，别署孤云，安徽怀宁人。少时育于外家，束发就傅，颖隽卓跞，长老刮目相诵誉。受诗古文辞于桐城吴闿生辟疆。继毕业交通大学，游于日本。及归，从长沙章士钊先生治逻辑之学，辄为小说家言于《大公报》曰《人海微澜》者，声乃鹊起。国共和谈时，曾任国方代表章士钊秘书。著有《隐刑》《强魂》《雅莹》《残羽》《蹇安五记》。其书宗“二王”、褚遂良并参颜平原，复以碑法入书。论著有《书法杂论》《中国的书法》《中国书法简论》《玄隐庐诗》。另出版有《潘伯鹰行草墨迹》等。

白蕉 新岁晴和行书扇

白 蕉

狂名傲骨世间传，书入永和春暮前。
一种清神萧散气，耀今抗古独争先。

白蕉（1907—1969），本姓何，名馥，字远香，号旭如，上海金山张堰人。后改名换姓为白蕉，别署云间居士、济庐复生、复翁、仇纸恩墨废寝忘食人等。出身于书香门第，曾任上海中国画院筹委会委员兼秘书室副主任、上海美术家协会会员、上海中国书法篆刻研究会会员、上海中国画院书画师。能篆刻、诗文，精书法。其书用功于魏晋唐宋间，尤得晋人萧散之气。白蕉狂名至大，尝自谓其书“风猷非唐以后人所能仿佛”。曾主编《人文月刊》，著有《云间谈艺录》《济庐诗词稿》《客去录》《书法十讲》《书法学习讲话》等。

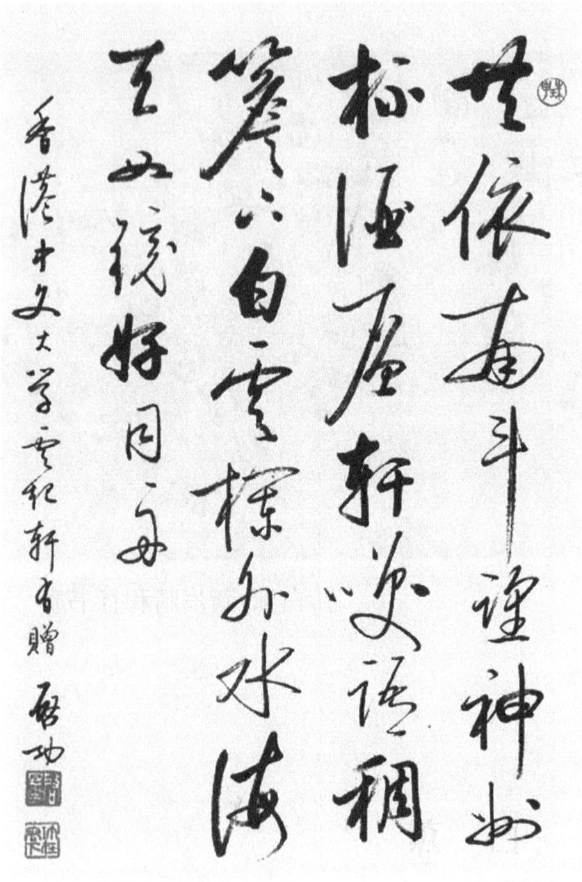

启功 自书诗

启　功

博通专透绮情超，
妙语解颐机趣饶。
坚净居中孤旷久，
素豪落纸总清寥。

启功（1912—2005），姓爱新觉罗，字元白，满族，生于北京。曾执教于辅仁中学、辅仁大学、北京师范大学，兼任国家古籍整理出版规划小组成员、顾问，文物鉴定委员会主任委员，中央文史研究馆馆长，中国书法家协会主席等职。于诗词、文献学、语言文字学、文物鉴定学皆卓有建树。著有《古代字体论稿》《诗文声律论稿》《启功丛稿》《汉语现象论丛》《论书绝句一百首》《启功韵语》《启功絮语》《启功书画集》等。元白风趣幽默，雅人深致。与其妻章宝琛感情甚笃，无子女。惜情深不寿，其妻于“文革”前离世，此后，元白一直鳏居，再未婚娶。生前书名之盛，当世无人可及。其书先摹赵、董，复参以欧阳询、柳诚悬，终成自家面貌。

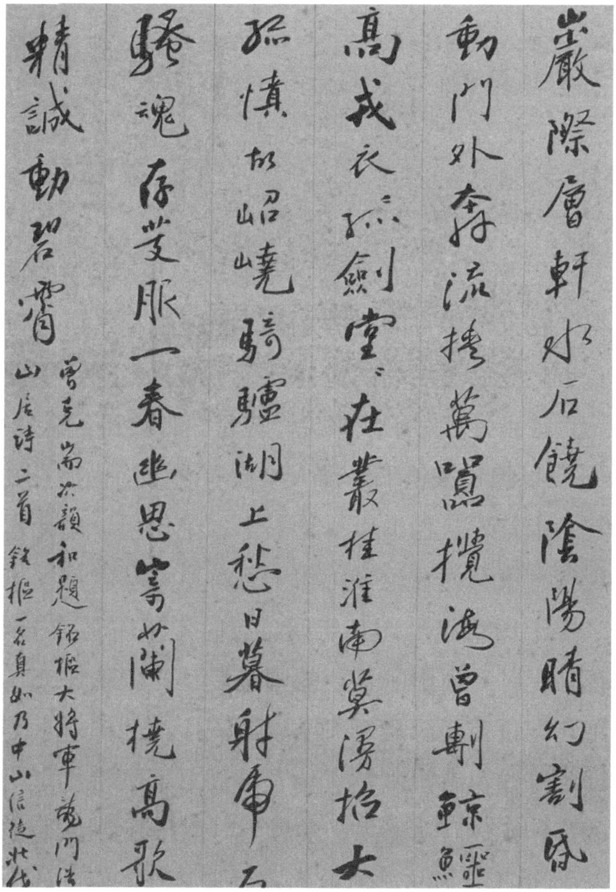

许伯建 行书曾克耑诗（局部）

许伯建

骚心博洽笔端含，
更续名公同饱参。
法效兰亭排次第，
头筹应数许蟫堪。

许伯建（1913—1997），名廷植，号蟫堪、阿植、补茅主人，世居重庆巴县（今重庆巴南）。曾为中国书法家协会会员、重庆诗词学会名誉会长。少习诗文，颇获时誉。抗战方起，海内名流西迁陪都重庆，章士钊、沈尹默、乔大壮、潘伯鹰等人发起成立“饮河诗社”，潘伯鹰主其事，蟫堪当选理事。蟫堪治学严谨，博涉多能，书法、诗词而外，又擅金石、篆刻、文物鉴赏、目录版本学。吴宓称其“诗词、书法、篆刻三绝之雅士”。20世纪80年代初，蟫堪与殷白等人发起成立重庆市书法家协会，先后任副主席、顾问。其书宗王逸少、褚遂良，以行楷书为主，小楷尤精。平生临《兰亭序》近二千通，笔精墨妙，形神逼肖。著有《补茅文集》。

后 记

之所以决定出版这本小册子，并不是觉得我的诗写得有多好，而是觉得，在三个多月的公务之余，自己婉拒了所有可有可无的应酬，放弃了外省市一些书法活动的邀请，每于皓月当空、夜阑人静时，偷闲撰写成的这一百首小诗，对于我来说，应是一件值得纪念的事情。

以绝句来论书，前人早已有之。为世所熟知的有清代王文治《论书绝句三十首》、包世臣《论书十二绝句》、胡元常《论书绝句六十首》。近现代有康有为《论书绝句十五首》、马叙伦《论书绝句二十首》。另有张宗祥于1934年至1943年间，历时十年所写论书绝句共104首，内容丰富，擅名一时。而影响甚巨的则是启功先生从1935年起至1974年所作的《论书绝句一百首》。启功先生以渊深广博的国学素养为根底，运用音韵学、校勘学等知识考辨碑帖真伪及品评书家风格特点，融识见修为于一炉，发而为诗，终成启功先生书学思想与创作心得的精洽之作，在学界广为流布。

也正是有这些古今名家经典之作的存在，令我在撰写这一百首小诗的过程中，每每想到与这些前贤各方面都存在势同霄壤的差距，也曾打算放弃这个计划。但后来转念一想，王羲之在书法史上取得的成就令后人仰之弥高，但历代无数的研习书法者，不但不因王羲之那不可逾越的高度而就此搁笔，反而激发起踵武前贤、承其余绪的不朽热情。况且，历来的名家论书绝句每以辨析书法源流与探究前人笔法及各种书法现象为旨归。而拙著取名“历代书法名家咏论”，即着眼于以具体的人和艺加以体悟感发。因此，便不避浅陋而有了这个续貂之举。

我所咏论的这一百名古今书法家，代表了我对自秦以来两千多年书法流变史及书家历史价值的理解和粗浅认识，其中尚有不少值得斟酌推敲的地方。古人对于作诗，认为诗主人物，即使是小诗，也必须经过旬锻月炼后才可示人。清代大诗人袁枚《遣兴》云："爱好由来下笔难，一诗千改始心安。"按说，拙诗写成后理应放一段时间，甚至要在多年以后，经反复修改后方可考虑出版之事。但又一想，诗之高下，与自身的才学与识见、胸怀密切相关，将当下阅历与才学识见标示于诗作，好也罢，不足也罢，记录的毕竟是当下最真实的状态，是自己目前对这些书家的真切理解与感受。这样一想，也就"闲篇未改自心安"了。

我自小习书，虽然对古今书家不乏了解，但通过这一百首小诗的撰写，迫使自己再一次系统地阅读大量史料，让我对历代书家生平及其师承脉络有了更加清晰的认识。这大概可算是"以诗导读"的必然收获吧！

当然，能够有勇气出此小册子，既有赖于中国《诗刊》子曰诗社顾问、中华诗词学会常务理事、重庆市诗词学会会长凌泽欣先生为拙著赐序，也有赖于西南大学教授、古文字学博士生导师胡长春先生在拙著的出版过程中给予的大力支持，在此一并表示衷心感谢！由于笔者诠才末学，书中不当和谬误之处在所难免，尚乞读者方家不吝批评指正为盼。

是为后记。

漆　钢

2019年4月27日

于松石大道重庆市文联